U0524089

　　你不必急于实现自己的梦想,但一定要不断地朝着梦想靠近。

　　从青春懵懂到而立之年,十几年的悠悠岁月,足可以将一个人改头换面。长大后,你是否成了自己理想中的模样?无论答案是"是"还是"否",都无须后悔和气馁。

　　请记住,你应当努力成为更好的自己,而非执念于与他人一较高下。

咖啡如人生，人生如咖啡。你若认真对待它，它便会认真对待你。

如果你真心为一个人好，就应该以他喜欢的方式去爱他。否则，所谓的付出，不过只是为自私找了一个好听的托词而已。

最好的感情，一定源于灵魂的契合，这不局限于爱情，友情亦是如此。

　　尘封多年的记忆,如今回忆起来依旧清晰。有些忘不掉的事情,注定无法释怀;有些人,你永远无法把她准确定位。有些时光,一旦错过,便再也回不了从前;有些话难以启齿,但总会有人愿意侧耳倾听。有些故事,你永远预料不到结局……

　　孤独和自由是这个时代最昂贵的奢侈品。在物质世界里,学会享受孤独,是一个人最后的清高,亦是最后的自由。

左小祺 著

少年的告白

中国财富出版社有限公司

图书在版编目（CIP）数据

少年的告白／左小祺著． -- 北京：中国财富出版社有限公司，2024.11.
ISBN 978-7-5047-8247-2

Ⅰ．I267

中国国家版本馆 CIP 数据核字第 2024C0H581 号

策划编辑	李彩琴　朱亚宁	责任编辑	王　君	版权编辑	武　玥
责任印制	梁　凡	责任校对	庞冰心	责任发行	杨恩磊

出版发行	中国财富出版社有限公司		
社　　址	北京市丰台区南四环西路 188 号 5 区 20 楼	邮政编码	100070
电　　话	010-52227588 转 2098（发行部）　010-52227588 转 321（总编室）		
	010-52227566（24 小时读者服务）　010-52227588 转 305（质检部）		
网　　址	http://www.cfpress.com.cn	排　版	宝蕾元
经　　销	新华书店	印　刷	宝蕾元仁浩（天津）印刷有限公司
书　　号	ISBN 978-7-5047-8247-2/I·0383		
开　　本	880mm×1230mm　1/32	版　次	2025 年 5 月第 1 版
印　　张	7.625	印　次	2025 年 5 月第 1 次印刷
字　　数	165 千字	定　价	52.00 元

版权所有·侵权必究·印装差错·负责调换

认真告白青春的人，青春永远不会离他而去

咬金文化传媒（北京）有限公司总裁　焦中理

早已习惯了编造各类品牌故事的我，突然执笔为这么一本纯粹的青春文学写序，竟觉得有些不好意思。

这是与挚友左小祺相识的第十一个年头。2014年4月14日，在中国慈善名人榜颁奖典礼的现场，当时我刚进入人民网工作不久，跟随采访团队工作时，认识了这位山东泰安的老乡。他和我一样，是位充满活力的小伙！我们很快客客气气地称兄道弟，又很快发现彼此都是文人墨客，志趣相投！

第二次见面是在一个春天的雨后傍晚。我特意去地铁站接他，他来寄宿在我大姑家的房子里喝酒吃饭。那时我们书生意气，挥斥方遒，酒过三巡后，光着膀子不着边际地谈论起文学，不免惺惺相惜，彼此都是同道中人！当时他已写出了自己的第一本文学书《还我一个飞扬跋扈的青春》，让我对这位文艺青年刮目相看。

混熟以后，我们几个兄弟嬉笑怒骂，天天逗贫，那些时光几乎构成了我们二十几岁时所有的青春记忆，每每回味，总是令人忍俊不禁。记得每年北京初雪时，我们都要吟诵着"晚

来天欲雪，能饮一杯无"的绝美诗词，聚在一起享受冬天的第一顿火锅。因为小祺与大冰相识，所以我们在赵雷还没红的时候就听了他的歌，并且很喜欢。回去的路上，我们胡乱哼着赵雷的民谣，踩着"咯吱咯吱"的雪，畅想着未来的人生一定无比美好。

此后数年，人来人往，与无数人擦肩而过，经历了大浪淘沙般的岁月变迁，我非常庆幸能有这么一位"知世故而不世故"的兄弟，无论是在我春风得意时还是落魄低谷时，他都在我身边。就像他坚守他的文学梦想一样，对于友情，他也始终保持一份难得的坚守与相伴，这兄弟，可交！不过，并不是每个人都能拥有这份幸运，哈哈哈！

十年前，我和小祺都是文学世界里自称"酒中仙"的浪漫主义者。十年后，我逐渐沦为一个为生计奔波的务实主义者，而小祺依旧坚守着自己的文学梦想，并且已相继出版了多本畅销书籍，在文学圈内小有名气。在这个浮躁的社会，能静下心来去表达、去回忆的人，是多么令人钦佩！

所以今天，当我提笔为左小祺的这本《少年的告白》写下序言时，心中涌动的情感如同潮水般难以平息。我仿佛看到了他在无数个夜晚，独自坐在书桌前，用文字与心灵对话的场景。这就像一束光照进了我曾经的文学生涯，提醒我生命中还有那么美好的事物。

左小祺的笔下，既有对美好时光的怀念，也有对未来的无限憧憬。这不仅是对他多年心血的见证，更是对我们共同走过的那段青葱岁月的深情回望。他用细腻的笔触，记录下关于成长、梦想与爱情的故事。

《少年的告白》宛如一面镜子，相信无论我们正在经历什么，都能在这面镜子里看到自己的影子。它也让我们明白：青春虽短暂，但对生活的热爱与追求，将永远伴随我们前行。

希望我们能一起捧起这本书，与小祺一同，郑重地向青春告白。值此《少年的告白》付梓之际，我衷心祝愿新书大卖，并代表几位兄弟对小祺说一声：感谢你用文字为我们留下了这些珍贵的记忆！愿这本书成为更多人青春路上的灯塔，照亮他们前行的道路。

寄语

谭跃
泰安市作家协会主席

小祺出生于泰山脚下，汶水之滨，成长于北京文化中心。

底蕴深厚的齐鲁文化和丰富包容的京城现代文明的熏陶，使他视野开阔、胸怀旷达，而又热情厚道、谦卑平和。

他的作品，植根于不辞细壤而成其大的泰山，荡漾着汶水汤汤、奔向黄河的灵动；文字简洁干净，格调高雅，氤氲着健康向上、蓬勃生机的青春气息，给人以美的享受和心灵的启迪。

王荫桐
将军

写给左小祺：青春万岁！

许瑛
将军

人生最快乐的是文学创作。

罗扬
将军

认真学习，好好生活。

CONTENTS 目 录

最好的朋友 …………………………………… 1
对不起,星巴克 ……………………………… 3
对不起,星巴克2 …………………………… 28
不早恋拿什么资本谈青春 …………………… 33
不以结婚为目的的恋爱 ……………………… 38
爱时,奋不顾身;不爱时,全身而退 ……… 46
我爱你,没有什么目的,只是爱你 ………… 51
让你笑的人,才配得上你的余生 …………… 61
我这都是为了你好 …………………………… 64
如何评价我前任的现任,一个字 …………… 69
爱情能否经得起物质的考验 ………………… 72
无情地被人讨厌了一把 ……………………… 74
谁对我好我就对谁好 ………………………… 77
遇见你之后最好的时光才开始 ……………… 80
真爱不过如此 ………………………………… 85
当时只道是寻常 ……………………………… 87
闪婚到底靠不靠谱 …………………………… 91
酒杯最深处 …………………………………… 94

他是个雷厉风行又特立独行的人	96
你过得好不好,一眼便知	102
我们是一辈子的朋友,那就让拥抱更用力一些	109
2013年的一次遇见	113
她的笑容,与你很像	121
最好的感情一定是无声的、沉默的告白	125
真正的朋友是并不时常想起,却无处不在	128
听自己的歌,走自己的路	132
在必须做的事情当中找到一个热爱它的理由	135
鲜为人知的李敖	138
好的情感一定是灵魂的契合	155
什么人是真正的朋友	160
一个人的晴空	166
曼巴精神　科比自传	168
健康快乐地走向美好的未来	175
你好,信仰!	179
无论男生还是女生,都要学会打扮自己	181
咖啡如人生	185
人生的路很漫长,关键处却只有几步,真是如此吗	187
如何整治嘴欠之人,我打人就是这么疼,你忍着点	191
原来在夏天也还是会怀念夏天的	195
换个角度看事情,或许就是良辰美景	198
假如我们真想知道,是可以知道的	201
我愿做一个最接地气的作家	204

与你诉说……………………………………………… 211
✉ **读者来信**……………………………………… 213
左小祺特有徐静蕾的范儿……………………………… 215
遇见你，真好…………………………………………… 218
理解，开启人生幸福之门……………………………… 221
每个人都难免要经历一个觉醒的过程………………… 223
真实的文字才能给予普通人无尽的力量……………… 226

最好的朋友

我将身影嵌入美丽的风景
定格在你必经的光阴
当你路过时
你不会听到，那年
我曾在这个角落呼喊过你

我将笑容隐藏在电话中
与春风一起飘散
当你翻开旧日的通讯录
你不会明白，思念
是我对你一生的承诺

我将往事谱成一串串旋律

与陌生人一块儿唱给昨天
当你坠入爱河时
再也不会想起,深夜
为你写着诗句的孩子

我将文字铺在远离你的地方
与你的祝福渐行渐远
当你有了新的知己
你不会知道,最好的朋友
只不过是我无法表白的谎言

对不起,星巴克

有人说,星巴克卖的不是咖啡,而是休闲。又有人说,喜欢喝咖啡的人,都是喜欢享受生活的人。

我想说,我喜欢喝咖啡,但与享受生活无关。就像我写文章,但与文学无关;就像我想念你,但与爱情无关;更像我喜欢吉他,但与音乐无关……

很多高大上的情调放在我身上,都是如此不伦不类。

最初喜欢上咖啡,只是为了提神。我怀念咖啡,或许是因为那一段欲扬先抑的青葱岁月,有一个经常在梦中为我勾勒回不去的中学时代的女孩。

在这个真实的故事里,为了不让女孩的妈妈看到这些放荡不羁的文字后,再次对着她张口骂我:左小祺,这个熊孩子。还有,知道我们故事的江湖老友看到后估计就要唾沫横飞地八卦,为了让他们省点口水,还是不提她的真实姓名了,我就以"小花"的名字来讲述这个故事吧。

那些回不去的年少青春

提起那些不堪回首的往事，我不愿用时光荏苒、岁月如梭这些沉重的词语进行刻画，因为我没有给这个故事一个新奇的开头，也不想给它一个哀而不伤的结尾。直白说吧，她很漂亮，是初中男生在宿舍里经常提及的名字。

那时的我们，刚住校不久，加上青春期综合征正在校园漫延，上晚自习时疲惫不堪、无精打采，回到宿舍却像是打了兴奋剂的猫头鹰一样精神抖擞，听歌的，玩手机的，拿着女生照片想入非非的，干什么的都有，就是没人睡觉。聊的许多话题总会散发着荷尔蒙的味道，其中，小花是人人都会抢着去接的话题。

每当宿舍长熄灯后总会在宿舍说一句："不是所有的花都能代表爱情，但是玫瑰做到了；不是所有的人都能让我牵肠挂肚，但是小花做到了。"然后全宿舍一阵嘘声后都开始各自聊着各自的悸动情愫。

常常在全宿舍人聊得正欢的时候，宿舍管理员便偷偷推门进来，捉住几个口无遮拦的家伙，赶出去罚站。

"让你不睡觉，外面站到 11 点再回来睡觉！"宿舍管理员边喊边把人往门外赶。

有一次我被宿舍管理员赶出去后，站在宿舍旁的阳台前，吹着清风，看着月亮，静谧、皎洁、纯粹，就像小花的美丽一样让人心醉。虽然当时我们大多数男生都只是一厢情愿，但那一刻我突然觉得，这种隔空相望的情愫握在手里便是青春不可或缺的享受。

宿舍管理员走过来，瞪着眼睛对我吼："你小子，怎么老是你！有什么好聊的呢？"

我委屈地说："叔叔，我错了，我知道在宿舍大喊大叫不对，可是，小花真的很漂亮呀。"

然后宿舍管理员像无聊的班主任一样语重心长地对我讲了一大堆话不投机的人生哲理。

终于等到了 11 点，我偷偷地推开宿舍门，站在一个黑暗的角落，装出宿舍管理员的模样咳嗽两声，让叽叽歪歪聊天的同学们静下来，然后一本正经地说："啊……那个……刚才我和小花在外面约会，她说很喜欢我呀，你们都好自为之吧。"说完就赶快转移阵地躲到另一片黑暗角落，然后就听到刚才我说话的方向有无数只鞋扔了过去，砸得墙啪啪地响。很是让我讨厌！

但我最看不得的就是当我们都在聊小花的时候，有个别同学对我们的话题漠不关心，躲在被窝里，开着手电埋头苦读。我认为那是对小花的不尊重，然后我会捡起一只鞋，看到谁的被角下有灯光溢出来，就朝着他枕头的方向"嗖"一声扔过去。他的第一反应是以为自己开灯看书被宿舍管理员查房时发现了，所以关上手电趴在被窝里默不作声，当听到我"咯咯"的笑声后，便会掀开被子坐起来，然后指着我说："又是你，左小祺，我明天告老师去。"

我每次都会强词夺理回击说："你开着灯照到我了，我怎么睡觉？你不睡我还睡呢。"

结果，我刚说完，发现宿舍管理员推门进来站在了我面前，于是我就又被宿舍管理员请出去赏月了……

慢慢地，夜深了，人也静了，有些同学或许在聊得口干舌燥后睡了，而有些人仍瞪着眼睛想入非非……

把青春悸动传递到彼此的记忆中

当时小花在班级座位的第一排,而我一度被班主任认为是无可救药的学生,一直在班级的最后一排。有一天,我不知道班主任出于何种考虑,居然把我调到了第一排,后来才知道是我家人请他吃了一顿饭。因此我也突然明白了为什么几次调整座次,小花始终会在第一排。

小花的座位在我的左手边,但不是与我同桌,电影《同桌的你》里的那种浪漫感伤的桥段注定不会在我和小花之间发生。

尽管之前我和小花的关系就特别好,但从那时起,小花才真正走进我的记忆。

上课是很枯燥的事情,尤其到了初三,更枯燥的是别人都在复习的时候,而我恰恰是在预习。最让我难过的是,经常和我在一起的哥们儿个个都是考试成绩名列前茅的好学生。

为了打发无聊的上课时间,课外书是远远不够的,每次看黑板的时候,我都会瞟一眼小花。看着她听不懂的表情,我就暗自庆幸上帝的公平，因为我认为长得漂亮成绩还优秀的女生对于我们男生来说不只是打击，简直就是残忍。还好，小花很善良，她一点也不残忍。

有一天，她在上课的时候递给我一张纸条，激动得我雄性激素瞬间飙升。本以为小花在向我暗送秋波，紧张地打开一看，上面只写了一句话：把你的课外书拿给我看看。

白激动了。接着，我毫不客气地回复了两个字后把纸条扔给她。

她打开一看，上面写着：不给！然后抬起头瞪着眼看着我，口型与眉毛相互配合着"发布"命令：拿给我！那表情特别可爱，然后我就趁老师回头在黑板上写字的时候把课外书递给了她。

后来渐渐成了习惯，我俩每天都会在课堂上来回传纸条打发无聊的时间，纸条上的内容只是些鸡毛蒜皮的小事。话又说回来，那时我们能有什么拯救世界的大事可以聊呢？有时只不过会说一句：早上我看到咱们班主任骑自行车掉链子了，然后相视一笑，一节课就乐呵呵地度过了。

当时我们从传纸条到相视一笑，整个动作一气呵成，从未被老师发现过，默契程度堪称最佳拍档。

一切美妙的事情都会在一瞬间的转变中定格为永恒的记忆，谁也无法打包成自己的行囊伴随自己到天涯。如今我在坐车的时候，总喜欢把手伸出车窗，让细雨清风从我的指尖滑过，就像昨天的故事，再也看不到，抓不住，回忆就是那一瞬间美好得跟假的一样似有似无的感觉。不是所有故事都会有完美的结局，不是所有的希冀都会如愿以偿，有些人注定只是生命路上的瞬间交集，转眼便是各自天涯。

似乎，就在那一瞬间，故事就变成那个样了，那个样了……

有一天，小花给我一张纸条，上面写着：小祺祺，有个男生追我追了好几天了，我该怎么办？

我问她是谁，她就是不肯说。

后来，在我用两根棒棒糖和不说就强吻的威逼利诱下，她才告诉我那个男生的名字。居然还是经常和我"并肩作战"的朋友，好吧，"朋友妻不可欺"。我虽然年少，还是懂很多道理的。或许很多道理也只有在年少的时候我们才去遵守吧，很多人长大后也就遗忘了。

我从不关心他们之间发展到什么程度了，只知道那个男生追她追得越来越疯狂，经常跑到我们班里给她送棒棒糖，从那以后，我就再也不愁没棒棒糖吃了。

小花没谈过恋爱，对于早恋不知道如何处理。我经常以"好人"的身份教育小花说："不要让他轻易追到你，因为他追到你之后就不给你送棒棒糖了，男人都这样，听话。"说完，我从她口袋里拿出一根棒棒糖含在嘴里。

我就是在那段时期吃棒棒糖吃伤的，以至于到现在，看到棒棒糖就像羊看到肉一样毫无兴趣。

当我开始喜欢咖啡时

青春期的时候,大家都喜欢做些出格的事情来博得别人的关注,比如早恋,比如吸烟,比如打架,比如上网,比如编些离奇的身世……

当时 QQ 刚在校园流行,很多人申请了 QQ 号便到处传播:"我的 QQ 号是……""你有没有呀?""啊?你连 QQ 号都没有呀?""什么?你连 QQ 是做什么的都不知道呀?"其实很多说这些话的人当时 QQ 等级连一颗星都没有,还装出当了几天和尚就能去西天取经一样很牛的样子,想想真是幼稚到极点了。这种感觉就像现在有些中学生对我说,他在学校打架多厉害,我却觉得他们像刚断奶的娃儿。小朋友,好汉,英雄,我自江湖来,打架也无数,真想对你们说一句,哥当年打架的时候你还在喝着 AD 钙奶呢。

也许是到了初三学习压力比较大,许多学生喜欢晚自习后偷着跑到网吧通宵来释放压力。就像现在的年轻人工作压力比较大喜欢到 KTV 唱歌来放松心情一样。那个时候,成群结队的学生就像特种兵一样翻过围墙、踏着茫茫夜色、穿过条条马路、按时按点儿地去完成救济网吧老板的任务。你是否也当过"范镇军区特种兵野战通宵大队"的一员呢？我是其中的一员，小花也是。虽然我当时"作恶多端"，但那次我是因为小花才去的。

有一次小花给我的纸条上写着：晚上那个男生叫我去网吧通宵，你也去吧，我自己不敢与他一起去，出了事咋办？

我皱着眉头看着纸条，一般而言，青春年少得到异性的求助定会义不容辞，认为没有比这更重要的事情了。

但我并没有及时回复，并不是在惊讶一个女生为什么也会想去网吧通宵，我在那个年纪，生活在那个环境中，我知道大家想要的是什么，知道大家追求的是什么感觉，所以我能理解很多别人不能理解的选择。

思来想去，最后终于坚定了信念，怎么能辜负小花如此的信任呢？于是我果断在回复小花的纸条上写下：我没有钱去通宵上网呀。

小花回复我说：没事，我帮你付上网的费用就是了。

我接着回复：如果晚上饿了你得给我买泡面，加根火腿肠。

小花说：你爱去不去，我要是出点事你就完了。

这完全没有任何逻辑性，凭什么出了事就该我负责？我们是什么关系呀就该我负责？是亲人吗？我们并没有血缘关系。是情人吗？我却在看着她和别人谈恋爱。是朋友吗？却又比朋友更亲近一些……

有一种关系总是说不清道不明，甚至连找一个合适的词去形容都很难。好吧，如果没有点离谱的事情发生，那怎么能对得起自己的年少无知呢？

下晚自习后，我和小花在教学楼门前等着那个男生，他不知从哪里借了辆自行车，我们随着"跑校生"一起明目张胆地出了学校，那个男生骑着自行车说要载小花，每当小花准备上车时，我就会"哭天抢地"拉着小花，小花听后就很不好意思让那个男生骑自行车载着她了。

过了一会儿，那个男生说："左小祺，你骑自行车载着小花吧。"

我这人最喜欢"助人为乐"了，当然义不容辞地接受了他的"请求"。我骑着自行车载着小花在前面罗曼蒂克，而他一直在后面追着我们跑。

我虽然上网，但深知自己经不起诱惑，也知道网络游戏对青少年毒害之深，所以我从来不玩网络游戏，到现在也是如此。当时在网吧通宵，对于像我这种不玩游戏的人来说，其实挺没有意思的，找网友聊了会儿天，听了会儿歌，然后就看着电影坐在凳子上睡着了。

第二天，小花拍着我的肩膀说："小祺祺，天亮了，该走了。"

然后我就骑着自行车载着小花往学校的方向奔，那个男生还是在后面追着我们跑……

疲惫了一夜，第二天上课肯定没有精神，我很佩服那些连续几个通宵后依然上课不睡觉的家伙，也很佩服那些睡觉被老师叫起来罚站后,站着都能睡着的哥们儿。

大神仙年年有,青春期特别长。

快上第一节课的时候,小花把她的杯子放在我的面前,我看到杯子里面盛着像中药一样黑乎乎的液体。

我问:"这是什么呀?"

小花说:"咖啡,喝吧,提神的,给我留半杯。"

第一次用女生的杯子喝水,心情还是很激动的,并不是有什么怪癖,只是得到女生认可后的虚荣心而已。我先喝了一小口,涩涩的,没什么好喝的,不知道电视上白领们都喜欢喝咖啡是因为什么。为了上课不睡觉,就当是良药苦口吧,然后我"咕咚咕咚"一饮而尽。

小花在一旁急得大骂:"死左小祺,给我留点儿,给我留点儿,你个熊玩意儿。"

喝完,我仰天打了一个嗝,然后对小花说:"我昨晚在网吧不小心睡着了,没有吃泡面,这杯咖啡就当是对我的补偿吧。"

气得小花走到我旁边,把手放在我背后,通过我脸上龇牙咧嘴的表情你们就知道那只手在我背后正做着"拧,掐"之类的动作。

有些事情在没有经历的时候,总不敢去尝试,因为不知道做了之后会发生什么。但当有了第一次经历发现并没有想象中可怕的时候,第二次便会驾轻就熟了。比如第一次牵女朋友的手,比如远行,比如用小花的杯子喝水。

那年夏天,每天早上我都会和小花分享她冲的一杯雀巢咖啡，当然只是为了提神。一人一半，似甜似苦，似浓似淡，似有似无……

有一次我的同桌从我手中把杯子拿过去说："我也喝一口提提神。"小花看到后像被人强吻一样生气地指着我喊："不行不行，拿回来，不能让外人用我的杯子喝水！"

我心想："外人？难道我是你的内人吗？"

……

再见，小花。再见，我的初中

时光荏苒，岁月如梭。虽然说好不用这些词的，但该来的仍是逃不掉的。

很快我们就匆匆结束了中考，毕业的时候，小花的妈妈来帮她收拾东西，我看着她们母女俩整理书本，像我和我妈妈一样亲密。

小花的妈妈抬头看见我，对着我微笑示意，我说："阿姨好。"小花说："妈，这是我最好的朋友左小祺。"从此小花的妈妈就记住了我的名字。

我没有叫妈妈来帮我收拾行李，因为那时我成绩不好，喜欢独自伤心。走出教室，我把课本从楼上随意向楼下扔去，像是祭奠初中所有的不快。我看到有些无聊的哥们儿把书撕得粉碎，然后趴在护栏上一把一把地向天空抛撒，边抛边喊："我的青春，我的青春。"我心里暗想，原来我并不是最无聊的人。

后来，我突然想起来，小花给我的最后一张纸条还夹在数学课本里，于是我跑到楼下去找我的书，在楼下收废品的叔叔那里我找到了那张纸条，把它放进口袋，然后潇洒离去。

我笑着送别所有的朋友。

道一声珍重。

回首间已是泪流满面。

人生山一程水一程，总会有高潮和低谷。几家欢喜几家悲，中考失利，我也早已料到。不是没有忧伤，只是我们早已想好了归处；不是没有爱恨，只是我们学会了洒脱；不是没有辜负，只是我们学会了面对。每一个阶段都是生活的组成，每一个故事的结局都与昨日的付出有关。

当我在校门口遇到班里成绩很差的那个同学时，他行路匆匆。

我问他："准备去哪所高中？"他没有止步，边走边对我说："我就能考 300 分，哪个学校会要我？"

最后留下我这个问题少年，长发飘飘，站立在风中，孤独的身影被夕阳越拉越长，我久久不愿离去。

我的班长和学校有名的"花花公子"一边聊着天一边走了过来，我问他们："聊什么呢？"

班长郑重地对我说："左小祺，你临走时有没有向你喜欢的女生表白？"

我说："我刚开学时就表白了。"

班长说："那不一样，是向你暗恋的女生表白。"

我还是虚伪地回答："我没有暗恋的对象呀。"

班长说："不要装了，青春期我们都一样，谁还没有个喜欢的人呢。你最喜欢的是小花，难道不是吗?"

我一时哽咽，倒是"花花公子"插嘴道："哎呀，都要走了，还表白什么呀，表白了又有什么用呀!"

班长对他说："你不懂。"然后默默地孤单离去。

又平添了我两块钱的忧伤。

至于小花，缘分未尽，我们上了同一所高中。

我这个熊孩子

高中学生的早恋比初中更疯狂,不仅数量增加而且明目张胆,屡见不鲜。

追小花的人更是络绎不绝。

可小花依旧和我是铁打的哥们儿。有一次,她和她妈妈一起在电脑前和我聊天,小花给我发 QQ 说:"亲爱的小祺祺,你在干吗呢?"还没等我回复,她又发来一条信息写着:"刚才我妈在旁边看到我叫你亲爱的,她说把她牙都酸倒了,哈哈。"

我接着礼貌地回复说:"替我向阿姨问好呀……"

生活中,总有一些突如其来的雨点落在你正沐浴阳光的脸上,你觉得没有道理,怎么可能,但是它真的就那样自然地出现了。高中的小花一改初中时的矜持,也开始谈起了恋爱。或许是她妈妈在她手机里发现了敏感词汇,或许是恋爱中的小花改变了许多生活习惯,总之,知子莫若父!哦,不对,应该是知女莫若母。

在一个很平常的晚上，我收到一条莫名的短信，大体的意思是：左小祺你好，我是小花的妈妈，我知道你是个好孩子，我也知道你和小花的关系很好，但是早恋是很幼稚的，现在你和小花谈恋爱是不对的，你们……

我的天呀，六月雪，我冤不冤呀，小花母亲，阿姨，婶子，您知道古今中外有多少英雄豪杰不是死在金戈铁马中，不是死在枪林弹雨间，而是死在误会委屈之下吗？虽然我称不上英雄豪杰，但我自江湖来，最起码也是个绿林好汉呀，您不能往死里逼我呀。

急得我拿出"将军（山东特产烟）"来在宿舍开始吞云吐雾。我刚一点着，宿舍最受不了烟味的小赵一把推开窗户，朝着外面大喘粗气，然后说："左小祺，你能不能不要在宿舍抽烟呀！"

我没有搭理他，青春的棱角正锋利。

我最不能忍受的就是无缘无故被人在头上扣了屎盆子或戴了绿帽子。我虽作恶多端，打架恶作剧无数，但每次被发现后，我绝不会赖账。

我连小花的手都没有碰过一下，怎么可以冤枉我和她谈恋爱呢？于是乎，我赶快回复短信，但我也深知不能出卖哥们儿情谊，把小花恋爱的对象、事实讲给小花妈妈来洗白我的冤情，只能写道"我和小花是纯洁的男女朋友关系"这种苍白无力的话来向小花母亲解释。十几条短信根本无济于事，只能越描越黑，我索性背了这个黑锅，谁让小花妈妈的短信中说对了一点呢：左小祺，我知道你是个好孩子。

我把这件事告诉了小花，小花问她妈妈，她妈妈对小花说："左小祺这个小熊孩儿，还和我叭叭叭叭地犟呢，你们这点破事还能逃得过我们大人的眼睛？"

最可气的是小花不去给我洗刷冤情，竟然笑着向她妈妈默认了。不过，小花总不能坦白她恋爱的对象是另一个男生吧，那样会招来更多的麻烦。

好吧，小花妈妈，我和您女儿确实不是纯洁的男女朋友关系，这样您满意了吧。

有一次高中暑假的时候，我和几个朋友在市里上补习班，小花知道了，因为在家待着无聊也想来凑热闹，就和她妈妈嚷着说："我同学都上补习班了，我也想去。"

小花妈妈问："你哪个同学？"

小花弱弱地说："左小祺。"

小花妈妈回道："找你亲爱的小祺祺去吧。"

我欲哭无泪！

时光荏苒，岁月如梭，又来了……将要高考的时候，同学们都在校园里合影留念，因为高中毕业后大多数人真的从此就分道扬镳、各奔前程了。留张照片做纪念或许是最简单、最有效的能将记忆拉回到那个年代的方法。

于是，我右手握着我女朋友的手，左手牵着小花的手，当阳光被挡在茂密的树叶之外时，在教学楼前的小花园中，我们的身影就这样定格在了回不去的青葱岁月。

照完相后，我一如既往地唱着歌回宿舍，遇到了小赵，他从口袋里掏出一盒将军，递给我一支，接着自己也点上了一支烟,然后站在窗口,望着窗外,目光缥缈,吞云吐雾……

他说:"终于鼓起了勇气对暗恋已久的女生表白,结果她说我还不够男人。"

我曾多少次听他向我吼过:"你能不在宿舍抽烟吗?"也几次在茶余饭后和舍友聊过小赵长大肯定不会吸烟的话题。然而生活总是有你意料不到的事情发生,也总会充满荒诞的欺骗。就像一直受不了烟味的小赵,毕业之前,手指也存留过淡淡的烟草香了……

一切都是感情惹的祸。

当我怀念咖啡的时候

有一次快到我生日的时候，小花问我想要什么礼物。

我说："能把当年我们喝咖啡的杯子送给我吗？"

八年之后，我在北京五棵松卓展楼下的星巴克咖啡馆里向我的朋友邹依琳姐姐讲述这个故事，她喝着抹茶，我喝着拿铁。

星巴克里的咖啡死贵死贵的，好在不是我买单。咖啡的品质确实不错。星巴克真的是一个回忆往事讲述故事的好地方，我也终于明白电视里白领们经常出现在咖啡馆是为了什么，也承认星巴克卖的不是咖啡，而是休闲。

邹依琳姐姐带我品尝过许多品种的咖啡，单是拿铁就喝了好几个种类，但我最喜欢的是玛奇朵咖啡。不仅在于它有一个好听的名字，更在于它比美式拿铁咖啡少了一层牛奶，制作方式也比美式拿铁咖啡更简单。美式拿铁咖啡的制作方式是底部为意大利浓缩咖啡，中层是加热到 60~65℃ 的牛奶，最后是一层不超过半厘米的冷的牛奶泡沫。如果不放热牛奶，而直接在意大利浓缩咖啡上装饰两大勺牛奶泡沫,就成了被意大利人叫作 Caffè Macchiato 的玛奇朵咖啡。

只有牛奶泡沫与意大利浓缩咖啡的组合让原本甘苦的咖啡变得柔滑香甜、甘美浓郁,就像当年小花加水过量的雀巢咖啡一样,让我回忆起了那段似甜似苦、似浓似淡、似有似无的青春记忆。

"老板,帮我再来一杯拿铁好吗?"

至于小花,毕业不久她便匆匆分手了,后来又遇到了谁?又有哪些青年追求过她?初中那个男生,最后追到小花了没有?

故事就像当年去网吧通宵的路上一样,我骑着自行车载着小花,那个男生在后面追着,追着,最终我们消失在茫茫人海,只是陪着小花的那个人不是我而已。

分别几年之后,有一次我在范镇小街上买东西,正巧碰到了小花和她的妈妈也在逛街,小花看到我后兴奋地跑到我面前与我打招呼。

正聊着,小花妈妈走过来说:"你同学呀?"

小花说:"妈,这是左小祺呀!"

我笑着说:"阿姨好呀。"

然后小花妈妈对着我哈哈大笑着说:"哟,左小祺长这么帅了。"

我还以为小花妈妈会拉长音说,哦——原来是左小祺这个熊孩子呀。

小花对我说:"当年那杯子忘记放哪里了,找不到了,重新给你买一个吧。"

我说:"找不到就不要找了,有些东西,找到未必是好事。"

你永远预料不到故事的结局

尘封多年的记忆，如今回忆起来依旧清晰。有些忘不掉的事情，注定无法释怀；有些人，你永远无法准确定位她；有些时光，一旦错过便再也回不了从前；有些话难以启齿，但总会有人愿意侧耳倾听；有些故事，你永远预料不到结局。

邹姐问我："你们现在还联系吗？"

我说："哥们儿之间当然一直有联系呀。"

邹姐："你们现在都聊什么？你喜欢她吗？她喜欢你吗？你们彼此表白过吗？你们为什么就没有走到一起呢？"

……

记得上次与小花见面时，因为我回家次数有限，相隔两地见面实属不易，我们俩心情都非常激动。我在高中的校门口等她，她打车火急火燎地往我这边赶。

还没下车就打电话问我在哪儿呢。下车后边打着电话边寻找我的身影，我也四处观望着寻找她。

她突然就出现在我面前，我的脑袋就像被驴踢了一样，一片空白。之前幻想的很多种见面后会发生的情景荡然无存，之前反复练习的见面后先说什么、再说什么一时间一句也想不起来了。

夕阳的余晖从她的背后斜打在她的发梢上，她的眼睛在温柔的清风中与我四目相对，她开口说："你不抱我一下吗？"

然后我们的身体慢慢靠近，脸颊慢慢接近，嘴唇慢慢靠拢，靠拢……

故事不是那样的。

我回老家时去看望当年的高中班主任，班主任在校门口的范西饭店请我吃饭。

她知道我在范镇后给我打电话说："我也在范镇，你在哪儿呢？"

我说："我在校门口这边，你过来我们见一面吧。"

她搭着同学的车过来，下车后打电话说："死左小祺，你在哪里死着呢，我到了。"

然后我与班主任解释一下后走出饭店去找她，见面后想罗曼蒂克一下条件都不允许，她穿着厚厚的衣服，戴着帽子，裹着围脖，打扮得像一个妇女主任一样，见我就骂："你个死左小祺，我刚洗完澡，冻死我了，你不在外面等我，想让我感冒啊！"

女人撒娇式的生气最可爱了，骂完我后就一直笑着看着我，可爱死了，真想捏捏她的脸，就像捏我妹妹的脸一样，但是刚一伸手她就闪开了。初中时在课堂上偷着传纸条的默契程度荡然无存。失去默契，也失去了心中的涟漪。可是明枪易躲，暗箭难防，我和她寒暄几句后，就在她刚转身时一脚踢在她屁股上说："快回去吧，别感冒了。"

她回过头笑着冲着我大骂："左小祺，你个熊孩子。"

"小花呀，你真是你妈亲生的！"

玛奇朵咖啡里面的牛奶泡沫与滚烫的浓缩咖啡相吸相斥，相融相离，正如我和小花久经风波的错乱故事，始终不能尘埃落定，就像那一段串不起的年华，忘不掉的岁月。

我端起杯子喝掉最后一口咖啡……

有一段时光，过去了就再也回不到从前了；有一种经历，一辈子只能冲动一次；有一个地方，去了你就不想离开；有一种情感，一旦错过就不在了。

人生如梦，岁月匆匆。远在故乡的小花，你的清晨还会有咖啡相伴吗？你也会在某个下午时分偶尔想起我们的冤假错案吗？分别后你又收到了谁的情书？会和我们当年传纸条时一样默契吗？当秋叶落下，又是谁为你擦去了冬天的眼泪？当你回忆起那段回不去的时光，是否也会感到像这杯玛奇朵咖啡一样甜涩难分？

然而分道扬镳的朋友，挥手再见的青春，那些铭心的苦涩或回甘，谁愿意再度端起，再度真心咽下。

只是咖啡的价格太高，不知我要卖掉多少本书才能换回今晚的几杯咖啡钱。虽然不是我买单，但对于这种享受生活的成本，还是要说去他的吧。狠狠心，不再喊老板过来续杯了。

对不起，星巴克，虽然喜欢你，却总是对你说脏话。

前段时间我看过一篇文章，在美国一个星巴克咖啡厅里流传过这样一个故事，叫：Pay it Forward（为后面的人买单）。

顾客听说前面的人已经买了单，过意不去，便为后面的人买单，就这样莫名其妙开始了买单接龙。做一件让他人愉快的小事，把感受到的善意传递下去，最高纪录1486。

不确定故事真假。

对不起，星巴克。我只能以小人之心度君子之腹。如果这个故事是真的，那么第1486个顾客肯定是我，而且当时我肯定是杯数喝得最多的顾客。

在作者看来，真相是随着人们生活水平和情感需求的提高，咖啡促销也要编个故事。就像我编了一个小花的故事，把自己刻画成一个最调皮的原型，来代表青春时代的大部分同学。

这个世界上真的充斥着荒诞的欺骗。

对不起，星巴克，因为你，我骗了所有人。

对不起，星巴克2

当我把我与小花的故事发表之后，没想到还获了个征文比赛的奖杯。

虽然我在文章的结尾声称故事是我编的，但还是引来了很多熟识的同学竞相猜测，大家都问我故事中的小花到底是谁，还有人直截了当地说："我觉得故事中的小花就是×××。"我笑而不语，小花看完这个故事都没有沉迷于此，大家何必在故事里走不出来呢？

再后来，当有人提起这件事的时候，我只好说："喜欢这个故事就好，不要在意故事背后的人物。很多时候，当你深究细节的时候，往往会打破它当初的那份宁静与美好。"

我也不敢问小花看完这个故事的感受，就像小孩子用吹泡机吹出的小气泡，飘在空中如梦如幻，但当你想用手去接住它时,那份美好瞬间就会破碎得无影无踪。

那一年,万达商城首次建立在山东泰安,星巴克咖啡店也第一次在泰安市出现,我和小花许久未见后约在万达广场见面,然后一起去了星巴克咖啡店。一进门,我对她说:"我去点咖啡,你找个地儿坐。"

小花问:"坐在哪里?"

我说:"找个浪漫的地方就行。"

小花白了我一眼说:"浪漫你个头呀,熊孩子。"

星巴克的咖啡还是从前的味道,不管是在北京还是在泰安。就像这么多年我和小花都改变不了最初的感觉,无论身处何方,无论多久没见,一想起对方,彼此心里依旧是最初的那个感觉,我还是那个少年,她还是当初的那个小花。

并非我们没有向前走一步的勇气,而是我们心里清楚,一旦踏出便再也没有回头路,所以要谨慎抉择;也并非我们没有向前走一步,而是当我们还未起步,就已被无形的力量宣告此路不通。

那天晚上,我和小花,还有小花的姐姐一块儿吃了火锅。或许是看了《对不起,星巴克》这篇文章之后,小花的姐姐才想来认识我。虽然在我上初中时我们就见过彼此,但也仅是寒暄了几句,并未真正认识。小花的姐姐有家饭馆,后来我也去吃过,反正因小花的关系不收我饭钱,不吃白不吃。

吃完火锅后,小花开车从泰安送我回范镇,到我们村落时已经晚上九点多了。我说:"把车开到树林边停下吧。"

当车停稳后,我说:"走,我们下车吹吹风去吧。"

小花下车后倚在车门上对我说:"今晚的风好凉快呀。"

周围已是深深的夜色,借着微弱的月光,隐约可以看到模糊的路面与幽深的树林,我抬眼望向天空,月亮在群星的陪伴下更显温柔与美丽。想起初中住校时,经常因为聊小花的话题兴奋到忘乎所以而被宿舍管理员抓住请出去赏月的场景,现在小花就在身边,竟然可以一起赏月,但我不敢当面说出当年的那些情愫。

只怕话一出口,便打破了现在的美好。

中学时,很多人以朋友的名义喜欢着一个人,不是不敢表白,只是怕一旦表白便连朋友也没得做了。莫文蔚唱的那一句歌词"也许放弃,才能靠近你"当初在校园里风靡一时不是没有原因的。

也许只有放弃喜欢你的权利,才能有机会在你身边喜欢着你。

那天晚上,我占据着天时地利人和,当时觉得那一刻真是表白的最佳时机,但月朗星稀下,清风自在地吹着,树木随意地摇着,月亮肆意地笑着,故事只能是故事……

当小花把我送到家门口时,我下车望着离去的车影,一句没说出的话便成了永远。我突然深刻地懂得了什么是欲言又止,也在那一刻才突然明白,小花终究是小花,我们终究还是当初的我们。

后来我也曾问过小花:"我们怎么就是不能走到一起呢?"

小花说:"可能是因为我们彼此太熟了吧。"

人生中有三大悲剧:饿得不知吃什么,困得就是睡不着,熟得没法做情侣。

我和小花就是那种熟得没法做情侣的状态，我追过哪些女孩，小花与哪些男生好过，我们都了如指掌，甚至连小花的初吻被哪个浑蛋夺走了我都知道。还有比我更了解她的人吗？也许只有她自己了。

我们从中学时就是无话不说的好朋友，多少个电话长聊的夜晚，我们在诉说着自己的秘密。直到现在，我们依旧会毫无防备地告诉对方我们不愿向别人讲的事情，只因我们可以确定，彼此不会去做伤害对方的事情吧。

后来，听小花说，她也谈了几场不成功的恋爱，有一个她非常喜欢的男生，但最终也是没能走到一起。分手后她还对我讲："还是我们这样好，可以做一辈子的好朋友。"

我后来也谈过几场恋爱，有一个非常喜欢的女孩，她看过我写的《对不起，星巴克》之后，并没有吃醋，还经常问我有关小花的故事。

有一次，我们在园博园游玩，路过一片花园，她随口对我说："看，好多小花呀！"

我故意对她说："小花是我的。"

她哈哈大笑起来，并不生气，还对我说："行行行，小花是你的，你的。"

下次遇到美丽的风景，她又随口说："这种小花叫什么名字呀？"

我依旧会说："小花是我的。"

然后她就对我说："我知道小花是你的，我又不和你抢。"

每次我们在一起的时候,只要一提到小花两个字,我就会说同样的话,以至于小花永远存在于我们的生活中。就像梁思成与林徽因一家的邻居金岳霖一般,永远存在却又和谐共处,三个人快乐又有趣地演绎出一段传奇。

人生,是个大悬念,每个人的生命都不过是浮华暂借,就让它变得更有意思一些吧。

不早恋拿什么资本谈青春

近几年,青春题材的电影可谓热映不断,比如《致我们终将逝去的青春》,又如《那些年我们追过的女孩》,再如《夏洛特烦恼》等,其中都躲不开的一个话题就是早恋。正因为我们从小接受的教育是一定要在该干什么的年龄就只能干什么,所以早恋就成了学生"不学无术"的标志,其结果就是老师口中的"名落孙山"。

于是在情窦初开的年龄,认真学习被认为是我们心中最重要的事情,否则就被认定为不务正业。

可后来我发现,中学时所学的知识,背诵的课文,到如今百分之八十都还给了老师,剩下的百分之二十在如今的工作中也大多派不上用场。当初惜分如命的同学后来也觉得分数没那么重要了。

现在我有些庆幸,当初没有把精力花在"三年高考五年模拟"上，而是把大把大把的时间浪费在了早恋、逃课、上网、喝酒、打架上面。

其实逃课、上网、喝酒、打架不是目的，那只是为了在叛逆的年纪做一些出格的事情，好引起女生的注意而已，所以，早恋才是我们心中的终极目标。

既然青春注定要浪费些时间，不如将时间浪费在喜欢的事情上面。

别告诉我哪个男生在青春期情窦初开时没有对女生产生过悸动情愫，打死我也不信。哪怕你是个品学兼优的学生，也只不过是藏得比较深而已。

说心里话，我也曾后悔过，看着如今高学历的人拿着文凭找到好工作，挣到更多的钱，我也曾幻想，如果我有好文凭，或许也能和他们一样。我身边的朋友大多是重点大学毕业的。有次我在饭桌上对他们流露出羡慕之情的时候，他们立马反驳我说："左小祺，你大可不必羡慕我们，你应该庆幸自己没有把时间荒废在大学生活里，很多大学生在大学四年里堕落了。我们倒是挺羡慕你，一直坚持着自己的爱好，书读得比我们多，生活经验也比我们丰富。"

看来我们都曾羡慕过别人的生活，殊不知别人也在羡慕着我们。

直到看到《最好的我们》这部青春剧，方才释怀了很多，因为在里面看到了太多自己年少轻狂时的影子。于是我便开始庆幸自己当初没有选择"天堂有路你不走，学海无涯苦作舟"的道路。

还记得暗恋女生时想入非非的课堂，还记得向女生示爱时花样百出的套路，还记得第一次表白时的惊心动魄，还记得第一次牵女生手时的激情澎湃……当然我更记得，第一次被表白时的欣喜若狂，第一次有女生喊我男神时的得意扬扬，第一次收到女生信笺时的夜不能寐，第一次有女生为我流泪时的幸福爆表。

青春只有一次，难道不应该活得放荡不羁爱自由吗？

有人说名落孙山就是早恋的后果，对此我没有资格辩驳。只是综观现实你会发现，有那么多早恋者最终考得也很好，又有那么多没有早恋过的同学却没能金榜题名。说一千道一万，我们只是把早恋的代价放得太大了而已。那些按部就班的人总认为在什么年龄就该干什么事情，所以，一旦违背常理就被认为必定会付出巨大的代价。

那么是谁规定青春时不能叛逆？谁规定在情窦初开的年龄学习是最重要的？而我恰恰认为，青春时就应该叛逆，情窦初开时就应该谈一场胶原蛋白满格的恋爱！难道要等到成年后再叛逆？中年后再偷尝禁果？那还有什么意义。

我觉得最有意义的事情是让早恋成为学习的动力。为了心仪的对象，努力变成更好的自己，我就不信女生不爱优秀的男生。当男生变优秀了，女生自然也会变优秀，因为她想和男生考入同一所大学。这样的早恋才是有意义的。难道我们不该把时间"浪费"在上面吗？

青春就是这样，好得像是无论怎样度过都会被浪费。

所以，我很感谢当年与我早恋的对象，我们曾经开心过也痛苦过，欢笑过也痛哭过，爱过彼此也恨过彼此。许多年过去了，即便是当初最热烈的情感也已经随着时间的流逝变得平淡了，但曾经的记忆弥足珍贵，那是我们留给彼此最好的礼物，也见证了我们的青春！

谢谢她曾来过我的世界。

如今的她已嫁为人妻，当我看到她结婚的照片时，由衷地为她感到高兴。当我送上最真挚的祝福时，她说我回老家时别忘了给她打电话，她会请我吃顿大餐。

哦，原来早恋也可以有这么美好的结局。

前段时间，我们中学时经常考全校第一的学霸孟华敏对我说："在咱们同学中，我最羡慕的有两个人，一个是张海强，他让我知道了努力学习的重要性。"

张海强从初中开始就是刻苦学习的好学生，中学时选择了自己喜欢的播音主持专业，如今做了自己喜欢做的工作——婚礼主持，有相当可观的收入。做着自己喜欢的工作并能养得起自己，确实也是我羡慕的对象！

我问："那另一个呢？"

他说："另一个就是你，你让我明白了不学习也可以混得不错。"

听完之后我的脑海里瞬间有一万头羊驼在肆意飞奔，不知道他是在夸我还是在损我。他是我初中时的同桌，经常考年级第一，也经常拿奖学金，最后被学校保送到了市重点高中。而当时的我，确实把时间全部浪费在了老师口中那些"不务正业"的事情上面。

我告诉他："我不是不爱学习，我也挺爱学习的，我只是不会做题而已。到现在为止我都保持着每年至少读 50 本书的习惯，你能说我不爱学习吗？只是我们认为的学习不是同一类东西而已。"

韩寒所理解的生活就是和他喜欢的一切在一起，我所理解的青春就是放荡不羁爱自由，认认真真去"犯错"。

青春只有一次，我允许自己把时间"浪费"在喜欢的事情上面，比如早恋。

如果不早恋，我拿什么资本谈青春呢？

不以结婚为目的的恋爱

（1）

时间太假，假到没有永远。

谁曾信誓旦旦地对我说会永远爱我，结果几年后却与别人结为夫妻。

我不信当你们花好月圆后，深夜你还会躲在无人的角落打电话对我说："我还是爱你的。"

"呵呵，你当我是傻子呀！"

你早就不爱我了，你爱的只是你的曾经，你曾经的花容月貌，你曾经不顾一切的激情，你曾经奋不顾身的冲动，你曾经对我的那份执着……

仅此而已。

（2）

身边的同学、朋友、同事、发小一个个地步入婚姻殿堂，对于一个27岁还没结婚的、不接地气的理想主义青年来说，确实有点残酷。每当回家，被邻里乡亲追问最多的话题就是打算什么时候结婚……

曾经我们都一样，在15岁左右的时候，最喜欢使用人生、梦想、爱情这类词。读过几本小说，看过几场电影，谈过一次恋爱，便觉得自己已经参透了人生，懂得了爱情的真谛。

那时我们拥有同样的爱情观。

情窦初开时，情感一旦泛滥成灾，是怎么也平静不了的。那时你爱我，可以为我付出生命。

我相信，那是真的。

可是对不起，我不爱你，不可能和你在一起，我心里一直想的是我暗恋着的那个女生。

（3）

我确定自己暗恋着别人是在一次爬山的时候。那天，我与几个哥们爬怪石嶙峋的山，道路异常难走，景色相当迷人。当时不知为什么，我突然想起了她。如果她也在该有多好，那样就可以一起聊天、一起爬山、一起吹山风、一起看日落。我还在幻想，当她迈不过石沟时，我可以勇敢地牵着她的手，陪她一起迈过；当她跳不下大石块时，我可以在石块下边张开双臂，让她跳进我敞开的怀抱……

"小祺，你快跟上来，在后面磨磨蹭蹭地想什么呢？"哥们在前边喊我。

我回过神来，快速跟上哥们的脚步，装作若无其事和他们谈天说地。但从那时起我便确定了自己真的在暗恋着一个女生的事实。

我看电视的时候，读书的时候，吃零食的时候，入睡的时候，她无时无刻不在我的脑海里浮现，所有感动过我的东西、影响着我的事情，我都想向她诉说。这种感觉很矛盾，我怕自己过于殷勤被她知道，我又怕她不知道我的心思，我还怕她知道后装作不知道……

暗恋就是这样让人孤独寂寞，身心疲惫又乐此不疲，无法自拔。

（4）

当你爱上一个人的时候，就大胆去爱吧，因为迟早有一天你会发现，自己再也不能像这样不顾一切地去爱一个人了。我很怕这样的结局，就像现在的很多人，经历过几段伤害，经历过几次刻骨铭心的爱情之后就变得更加理智，更加有技巧了。

当我想去追一个女生的时候，她竟然先问我："你会娶我吗？"

我无言以对。还没开始和她谈恋爱呢，她居然问我将来会不会娶她这种没有答案的问题。

我说："不知道，不确定。"这是我认为最理智的回答了。

她对我说："我累了，怕了。如果你不能娶我，那最好不要和我开始，因为我怕受伤害。"

说这句话的时候她才21岁！

是不是我说"会娶你"便是最巧妙的回答呢？看似完美

无瑕，可这个社会上，曾说过这句话的情侣，最终走在一起的能有多少呢？大多是在自欺欺人而已。

但如果我说"我不会娶你"或许是最傻的回答。对方立马会拍案而起，对我破口大骂："凡是不以结婚为目的的恋爱都是耍流氓！"

如果真的是这样，我宁愿做个流氓，最好是个相信爱情的流氓。

（5）

今天我躺在被窝里看电视剧《夫妻那些事》，里面的苏珊对刚离婚不久的唐鹏说："我爱你。"

唐鹏严肃地说："苏珊，你知道吗？一个人最愚蠢的行为就是爱错了人。"

苏珊说："爱上你即使是个错，我也情愿一错到底。"

听到这句话，我眼泪突然流了下来，我是个笑点和泪点都很低的人，经常因为一句话而开怀大笑或情不自禁地流泪。

电视剧中的苏珊爱上了不爱她的唐鹏，但她一直爱得很真、爱得很深，最后受伤了。她看起来很愚蠢吗？很可悲吗？我觉得她并不愚蠢，也不可悲。就像《超级演说家》中刘媛媛说的那样："那些考虑好了各种条件去结婚的人，到结婚的时候才发现没有一点关于爱的回忆，爱情好像从来没有发生过。"他们的婚姻只是一个目的的实现，一个演给别人看的形式，一个人生中无关爱情的过程，我觉得那些人才可悲！

（6）

有一个与我同龄的朋友，到现在已经离过三次婚了，他就是一个以结婚为目的去恋爱的人。不管是出于自身的利益还是出于外界的压力，他真的敢去结婚，也真的敢去离婚。

记得当他第一次离婚时，我打电话想去安慰他，结果他对我说："小祺，赶快结婚吧，不然离婚都赶不上好年龄了。"

当时我就像是在国际会议的发言中，嘴里突然飞进了个苍蝇一样，不敢吐又咽不下，只能有口无言……

现在的爱情观是怎么了？如果不以结婚为目的的恋爱都是耍流氓的话，那么，是不是不以离婚为目的的结婚只是开玩笑、闹着玩呢？

前段时间去参加同学小夏的婚礼，婚礼后第二天我突然接到另一个同学小李的电话，他对我说："小夏离婚了你知道吗？"

我惊讶地说："他不是前天刚结婚吗？"

小李说："是呀，刚结婚，第二天就离了。"

我破口大骂，把小李吓了一跳。小李怯怯地问我："人家离婚，你干吗生那么大的气呀？"

我说："能不生气吗，他结婚时我还随礼了呢！"

（7）

我不确定他们这样的婚姻有没有爱情，他们都是以结婚为目的而谈恋爱，但我搞不懂，两个人在一起可悲的是没有婚姻还是婚姻中没有爱情？

于是我发信息给我的很多朋友，我问："你如何看待不以结婚为目的的恋爱？"

很多人都只是肤浅地回答说："不以结婚为目的的恋爱都是耍流氓呀。"

但其中有一个朋友的回答最睿智，我也最欣赏。她回复我说："以前我觉得婚姻和爱情应该是紧密相连的，但现在我认为，婚姻是婚姻，爱情是爱情。没有任何目的的感情才是发自内心的吧。"

突然间被她的回答感动了。

如今的我，见证过太多的爱情，也经历了太多的伤害，爱情在我面前已经没有了十五六岁时那样的冲动，那样的激情，那样的执着。如今面对爱情更多的是自我保护，更多的是理性地考虑：对方人长得怎么样？工作是什么？收入如何？家境好吗？对方的父母会对我好吗？对方可以给我稳定的生活吗？……等到一切条件都达到自己满意的程度，准备结婚时才突然发现，自己和对方之间根本没有爱情！

（8）

如果一个女孩子现在对我说："我只会以结婚为目的去谈恋爱，你将来会娶我的话，那我们再开始恋爱吧。"

呵呵，我只能对她说："你太小看我了。"

我不是一个结婚的机器，因为我还记得当我喜欢一个女生喜欢得不行的那种感觉，我愿意为她付出一切，我也愿意为她放弃一切，我不求她嫁给我，我也不怕最终只是自己感动了自己，我觉得这种感觉是可贵的。等我老去的那一天，在我临死的时候我都愿意回忆起这段感情，我都觉得它美好，它纯真，这种感觉让我永远都不会觉得后悔。

曾经说过爱我的女生，现在大多都结婚了，有的早已成了母亲，过得好的，我由衷地为她感到幸福，她们也喜欢让自己的孩子叫我干爹。但也有让我难过的，已为人妻的她向我诉苦，说婚姻不是她想要的那样，结婚后生活没有乐趣，没有了梦想，没有了斗志，每天过得麻木不仁……

一个 20 岁出头的人已经看不到生活的希望该是一件多么可怕的事情。我作为 27 岁还不能接地气的理想主义者似乎没有资格去说她的婚姻不好，但我想起了刘媛媛的一句话："一辈子不结婚是挺可怕的，但更可怕的是有些人一辈子在婚姻里，可是从来没有得到过爱情！"

爱情应该是出于人的本性，理性地对待它没有错误，但不要曲解了理性的本意。爱情不要求我们考虑对方的家庭、收入、身份、地位……不要求我们理智地对待爱情之外的东西，我们应该全身心地去感受爱情本身的滋味，而不应该对它的将来感到忧虑。因为对于一个理性者而言，合乎本性即是合乎理性，所以，让我们不以结婚为目的去谈恋爱吧！

找回曾经的激情，找回失去的悸动，找回最初的纯真。

(9)

是谁曾经说会永远爱我？但当所有的感情已尘埃落定后，你在婚姻中对我说："还是很想你。"

我知道当初的永远已经不在，可我从没有感到过后悔。

时间是誓言最大的克星，多少人曾经的求之不得变成了如今的不过如此。

当我们已经爱得伤痕累累时，心中还是渴望有那么一份感情，它是真挚的，它是唯一的，它是持久的……

就像你不会再爱我，但依旧会想念我一样那么真挚。

我相信，那是真的，虽然没有了永远。

（10）

时间太假，假到没有永远。永远太假，假到没有将来。

不要为将来忧虑，如果命中注定要发生，就必须面对，就像你面对此刻——不以结婚为目的的恋爱！

> 爱时，奋不顾身；
> 不爱时，全身而退

朋友刘凯问我："你还相信爱情吗？"

我说："相信呀，没有理由不相信吧。"

他仰头干了一杯白酒。

我反问他："你呢？"

他说："以前我相信爱情，但是丈母娘不相信，现在，我也不信了。"

我安慰他说："你丈母娘是想让自己的女儿以后生活得好一点而已，哪个做母亲的不希望自己的女儿幸福呢。"

他又干了一杯白酒。

我接着说："你怎么可以不相信爱情呢？你媳妇李静不是挺好的吗？当初她家里人那么反对你们的婚姻，她还是选择了嫁给你，就因为这事，你也该更相信爱情才对呀。"

他又干了一杯白酒。

然后他默默放下酒杯,低着头,狠狠地说了一句:"离婚了。"

我很吃惊地问他:"为什么?"

他只说了句:"现在的女人都太世俗了。"

原来就在昨天,刘凯和他老婆李静办理了离婚手续,所以,今天刘凯才约我出来喝酒消愁。

上一次见他们还是两年前,我去他们家做客,李静一边带孩子,一边招呼我们,中午还给我们做了满桌的菜肴,典型的贤妻良母。

当时,我还对刘凯说:"这么贤惠的老婆,你小子可真有福气。"

刘凯说:"那当然了,我们是真爱。"

记得他们谈恋爱的时候,李静父母坚决反对,因为刘凯是农村的,李静是城里人,刘凯家里实在太穷了,没房没车不算,还没存款。但是刘凯爱李静,是那种宁可自己不吃饭也要把钱省下来给李静买饭吃的那种爱。

李静觉得有 1000 元可以给她花 100 元的人没有那个有 10 元可以给她花 10 元的人爱她。因此,她不顾家人的反对,很坚定地选择了跟刘凯结婚。

我们的生命中总是存在一些这样讽刺的玩笑:恋爱的时候,两个人都是彼此生活的全部;但结婚后,生活的全部不再只是两个人。我们要面对生活中的柴米油盐,也要面对未来的潜在风险。爱,在婚姻中不再是可以饮水饱的精神食粮,要知道，生活中遇到的任何问题都是离不开钱的。

刘凯虽然是一个勤俭节约的人，但也是一个守财奴，是那种一分钱恨不得掰成两半花的人，但即便如此，仅靠他每月2000元的微薄收入也很难维持家里的开销，尤其是当他们有了孩子之后。

家庭重担不知不觉就落在了李静身上。白天，李静上班时，孩子先由李静母亲看管，中午李静要回家给孩子和母亲做饭，吃完饭又匆匆赶回单位，晚上下班回家接着带孩子，仅剩的时间李静还在做着微商赚取外快。

她放弃了一个女人所有的爱好，只为了能维持好家庭，照顾好孩子。

然而这所有的一切，被刘凯当成了理所应当。刘凯变得越来越消极，工作中不思进取，常常被领导批评，也时常被扣工资，回家后不是向妻子抱怨就是向妻子发脾气。

吵完架就坐在电脑前抽着烟玩游戏，有时玩到深夜，脚也不洗倒在床上就睡。

李静经常劝导刘凯，把空闲时间用在工作和学习上，努力干出一番事业，但对于倦怠惯了的刘凯来说，根本听不进心里去。

再后来李静一劝导他，他就破口大骂，嫌李静烦。

当夫妻之间连语言都无法沟通的时候，生活在一起就会变成一种煎熬，当初的心有灵犀就会变成相对无言。

一个人寂寞，与错的人在一起更寂寞。

终于有一天，李静很平静地向刘凯提出了离婚。

刘凯问："为什么？"

李静说："现在的生活不是我想要的，我已经不再爱你，离婚对我们彼此是最好的选择。"

刘凯说："你变了，你当初那么爱我，说好永远爱我的，为什么现在不爱了？"

李静流着泪但很镇定地说："我当初爱你是真的，现在不爱你也是真的。"

发脾气发惯了的刘凯朝李静大喊："为什么现在不爱了，是因为我没钱吗？当初你不是说不在乎我穷吗？为什么现在后悔了？"

李静觉得根本无法与刘凯沟通，就连吵架，也不在一个频道。本来李静想说："我不是嫌你穷，我只是看不到未来，如果我嫌你没钱的话，当初就不会嫁给你。"但话到嘴边，李静又咽了回去，强忍着心痛硬硬地说了句："是的，就是因为你没钱。如果你有钱，我就不会和你离婚。"

这句话就像一把冰冷的刀，同时割伤了刘凯与李静的心。不同的是，割伤刘凯的是刀背，更痛的人是李静，因为割伤她的是刀刃。

后来，刘凯逢人就诉苦，说李静嫌贫爱富，因为钱与他离婚，是个最世俗的女人。

当刘凯喝完最后一杯酒，我选择与他 AA 制结账，然后各走一方。

我一点也不同情刘凯，相反，我更为李静感到庆幸，庆幸她的理智，庆幸她的勇气，庆幸她所有的选择。

爱时，奋不顾身；不爱时，全身而退。

当男人说女人世俗的时候，应该先反思一下自己，有没有给女人看到变好的希望。当男人说女人嫌贫爱富的时候，应该先扪心自问，自己有没有为未来付出过努力。如果你没有给女人看到变好的希望，没有真正为未来努力拼搏过，那么谁又会愿意把自己的未来交付给你呢？

永远不要低估一个女人敢与你艰苦奋斗的勇气，她敢在你最贫穷的时候嫁给你，那是因为爱你胜过了一切，所以才敢把自己一生的幸福赌在你的身上，你又如何忍心辜负她对你的期望。如果你的努力没有收获，如果你的付出没有换来物质财富，相信那个在你最贫穷的时候嫁给你的女人，仍然不会离你而去。但如果男人一直不思进取，贪图享乐，再也无法让女人看到未来变好的希望，那么，所有女人可能都会成为他口中的世俗女人。

我爱你,没有什么目的,只是爱你

(1)

与初恋久别重逢会是一种什么样的感觉?

开心,激动,失落还是尴尬……

我的好朋友程睿告诉我,昨天她见到自己的初恋了,七年之后的久别重逢,那种感觉难以言说,只记得在拥抱的那一瞬间,像是在拥抱自己的整个青春。

(2)

上高中的时候,程睿是副班长,成绩优异,惜分如命,王磊为了追求程睿,可谓是费尽周折。

开始,王磊总是以抄作业的名义主动接近程睿,慢慢地便混熟了。借作业抄是中学时男生接近女生最便利的方式，一借一还就有两次搭话的机会，无需成本还能顺其自然又可避免尴尬。

后来，周末王磊也以借作业抄的名义去找程睿。他们两家相距三十多里（1 里 = 500 米），而那时的我们只有自行车这一种交通工具，王磊就千里走单骑，每次都会累出一身汗，有时还会扑空，但他乐此不疲，只为了能单独和程睿见上一面，说上几句话。

有一次，王磊在镇上的商店看到一个非常漂亮的发卡，他心想："如果程睿戴在头上肯定特别漂亮。"当时，王磊意识到自己喜欢上程睿了。如何判断你是否喜欢一个人？其实很简单，如果你总在不经意间想起她，那就说明你已经喜欢上她了。

王磊装作买辅导书，眼睛却在盯着发卡的价格，30 元，虽然并不算特别贵，但对于高中学生来说，那也是伙食费中不小的一笔开支了。

王磊犹豫再三，最后还是买了下来。

在付钱的时候，收银员阿姨故意逗他："送给女朋友的？"

王磊的脸瞬间涨得通红，忙说："不是不是，给我姐姐买的。"那是他第一次给女生买礼物，也是第一次买女生用的东西。

回到学校后王磊焦急难耐，因为他找不到理由送发卡给程睿。在课堂上，王磊望着程睿的背影出神，完全不知道老师已经发现了他在开小差。突然老师把王磊叫了起来，指着黑板上的一道数学题问他："这道题的结果是什么?"王磊脑子一时短路，不知所措，看着旁边的同学偷偷摆出了一个"八"的手势在提示他，他慌张地回答道："手枪。"全班同学被王磊这个驴唇不对马嘴的回答搞得哄堂大笑，老师被他气得哭笑不得，跑下讲台拿起一本书就砸在了王磊的头上。

王磊难过到了极点，并不是因为老师打了他使他在全班同学面前丢了脸面，而是因为在同学们嘲笑他的时候，他看到程睿也在笑他。

接下来的几天，王磊心情十分低落，他没有再理程睿，也不去借她的作业抄了。感情的事情最怕一厢情愿，他自己在与程睿赌气，甚至恼羞成怒，然而对这一切，程睿根本就毫无所知。王磊不过是自己跟自己过不去而已。

青春期的我们总是这样，但无论我们做了多少傻事，不被理解，被对方误会，最终只是感动了自己，我们也从来不会后悔，因为那就是青春。

（3）

几天之后程睿才有所察觉，经常向她借作业抄的王磊怎么好久没有找她了呢，也没有和她说一句话。想到这儿，她不禁回头望了一眼王磊，发现王磊也在看着自己，眼神交汇的刹那，程睿十分尴尬，马上回过头去。那一刻，程睿的心跳加快了，脸瞬间红了，而且红了好一阵儿。

原来无论你是学霸还是差等生，处于青春期，感情都一样敏感。

后来在一个晚自习之后，程睿刚出教室，王磊就出现在她面前，往她手里塞了一个发卡就跑开了。那个发卡就像是难以送出的第一封情书，在王磊的心里此起彼伏飘摇不定，而送出去的那一刻，王磊的心终于落地了，倍感轻松。而程睿像是做贼一样环顾四周，见没人看到才小心翼翼地把发卡收好，回到宿舍她心里像有只小鹿在乱撞一样，很多个疑问如同雨后春笋般一起冒了出来：王磊送给我发卡是什么意思？我该怎样处理？收还是不收？他是喜欢我吗？我该如何拒绝他呢？他如果不是喜欢我只是把我当朋友呢，那岂不是很尴尬？一连串的问题让程睿一晚上没有睡好。

本以为王磊会轻松很多，但躺在床上的他也是辗转反侧难以入眠。他在想：程睿收到发卡会是什么反应？她会知道我喜欢她吗？她会接受我的喜欢吗？她拒绝我怎么办？拒绝我之后还会不会和我做朋友呢？……

第二天，程睿和王磊似乎都在刻意躲着对方，但又无时无刻不在巡视着对方的动态。直到下晚自习后，程睿走在校园中，而王磊就一直跟在她身后，路过人少的花园时，王磊才鼓起勇气喊了程睿一声。

程睿一时找不到话题，就问了一句："你给我发卡干什么？"

王磊一时也不知道如何回答，就回了句："谢谢你以前让我抄你作业。"当然，王磊更想说的是"我喜欢你"四个字。

程睿笑了笑，然后从口袋掏出发卡对王磊说："不客气，发卡还给你，我不能要。"

王磊突然着急了，语无伦次地说："不不不，给你的，你就拿着，我也没用呀，还给我，我也没用啊。"

程睿说："不行，无缘无故收你的礼物，别人会说闲话的。"

王磊说："其实，是我喜欢你。"

话一出口，时间仿佛就定格在了那一瞬间，他们两个借着月光注视着对方，程睿不知道该做何选择。突然，一道亮光打破了周围的宁静，不远处，学校执勤老师拿着手电筒正在校园巡视，还没等程睿反应过来，王磊就拉着程睿溜到了靠墙的一棵大松树后面蹲了下来。老师用手电筒四处照了照，没有发现任何迹象就走开了。待老师走远后，程睿才发现他们两个正手牵着手依偎在一起，那一瞬间，程睿又害怕又开心，原来在每天紧张的学习气氛下，做一些出格的事情是那么刺激和开心。

程睿说："咱们走吧，不然宿舍关门了。"

王磊不知哪里来的勇气，在那一瞬间亲了程睿的嘴唇。

程睿一把推开王磊，非常生气地说了一句"王磊，我讨厌你"就跑开了。

程睿并非真的讨厌王磊，只是因为王磊夺走了她的初吻。处于少女时代的程睿也曾无数次幻想过，自己的初吻一定要给自己最喜欢的那个人，一定要在百花盛开的公园或是落叶纷飞的树林，反正一定要在一个特别浪漫的地方。程睿怎么也没想到初吻居然在自己毫无防备的情况下被别人强行夺走了，心碎了一地。

就像没有预料到自己的初吻会被夺走一样，程睿也没预料到自己后来会喜欢上那个强吻她的王磊。更让人没有想到的是，曾经一心学习、惜分如命的程睿也会早恋，而且爱得义无反顾。

是的，一切都在毫无准备中发生着。

（4）

老师知道了他们早恋的事情后，怕影响他们的学习，尤其怕影响程睿的学习，就专门找程睿谈话，但是，说再多高考的重要性也无济于事，因为在程睿看来，未来再重要，也没有情侣的一个拥抱能抚慰当下的难过，谁让高考前的我们都如此脆弱。

青春期的感情就是这样，一旦泛滥，谁也阻挡不了。

老师很难想象，程睿为什么会喜欢一个做数学题都能得出"手枪"的差等生。只是他们不知道，当程睿与王磊谈恋爱后，王磊有多珍惜这段感情。他每天都给程睿买饭打水，甚至还会给程睿洗衣服。程睿说想吃校外的油条了，王磊会翻墙出去给程睿买回来。程睿被哪个老师批评了，王磊就偷偷把那个老师的自行车给放了气，因为这事王磊没少进政教处。程睿喜欢吃零食，王磊就省吃俭用，连网吧都不去了，只是为了省点钱给程睿多买点零食……那时的我们什么都没有，但爱得很纯粹，如今的我们有钱了，爱却变成了我们买不到的奢侈品。

后来，他们的爱情长跑经历了什么我不知道，只知道他们跑赢了老师，跑赢了高考，跑赢了大学，跑赢了所有的质疑与打击，但最终却没有跑赢距离。

王磊去了成都上大专，程睿考上了北京的本科，大家都知道，异地恋实在难以维持，最终以王磊移情别恋结束了这段爱情长跑……

（5）
七年之后的今天，程睿突然约我吃饭，她问我："小祺哥，你是想去中央电视塔旋转餐厅还是后海酒吧？随你挑，我请客。"

思虑再三，最终我们去了我住所附近的凯德茂海底捞，原因是我喜欢吃火锅还懒得跑远。

她来了就数落我："你这个务实主义者，一点都不浪漫，还是老样子，就知道吃火锅。真不知道你平时是怎么泡妞的。"

我一口啤酒差点儿喷出来，开玩笑地说："程睿，你今天不是要来泡我吧，我可不是什么正人君子，你千万别对我使美人计啊。"

程睿说："我可没那么笨去勾引一个作家，那你在书里还不把我写成狐狸精啊。"

我说："不和你开玩笑了，言归正传，是不是有事求我，借钱我可没有啊。"

她说："其实我是想和你说一件特别浪漫的事情，所以想找个浪漫点儿的地方，谁知你如此不解风情。"

我说："浪漫的事情在哪说都浪漫，快说快说，什么事情那么浪漫啊。"

程睿抱着一杯饮料说："你猜我昨天见到谁了？"

我说:"谁呀?居然能把你美成这样。"
她说:"昨天我见到王磊了,我的初恋男友。"
我说:"切,我还以为你见到刘德华了呢。"

(6)

几天前,程睿的几个高中同学一块儿来北京旅游,正好还有其他几个同学也在北京上班,有人提议要不就约出来一块儿聚聚吧。程睿接到通知后欣然答应了,毕竟老同学好久没见了。直到聚会的前一天下午,程睿才得知王磊也来。不知什么原因,得知这个消息后,她的心跳突然加速,满满的回忆瞬间浮现在眼前……

程睿想到明天要见到初恋男友后,脑海里开始不自觉地浮想联翩:他变样子了吗?他过得好吗?该如何打招呼?该和他说些什么呢?我该穿什么衣服呢?我该化浓妆还是淡妆?……

不知为什么,一想起明天要见王磊,程睿的内心就波涛汹涌,难以平静,七年没联系了,突然见面程睿真的不知道该如何面对。

该来的总会来,该发生的谁也挡不住,那就顺其自然地让它发生吧。

第二天,程睿见到王磊时,竟然比第一次约会还要紧张,双手全是汗水。简单的寒暄之后,她不敢看王磊的眼睛,大家坐在一起说说笑笑,程睿不断地用余光去打量如今的王磊。

他变了,变得成熟了,变得稳重了,也变黑了,唯一不变的是他笑时脸颊上的酒窝还是那么好看。

当天酒过三巡，大家聊起了高中时的往事，聊起了班主任当初那张欠揍的脸如今回忆起来却觉得特别可爱，聊起当年王磊数学题能得出"手枪"答案的搞笑故事，聊起了谁曾经暗恋过谁，谁和谁好了又分了，谁和谁结婚了，谁和谁有孩子了……

突然有人对王磊说："王磊，当初你和程睿也好过是不是，有没有这回事？"

这时大家的目光突然都聚焦在了王磊和程睿身上。为了避免尴尬，王磊开玩笑地说："是呀，当初我那么帅，追我的女生那么多，你们知道当初我为什么选程睿吗？"

大家都问为什么呀，程睿也突然紧张起来，期待着王磊的回答。

王磊说："因为程睿学习好，我可以抄作业呀。"

大家都哈哈笑了起来。

一阵玩笑之后，程睿之前所有的紧张和激动突然之间消失得无影无踪了，曾经对初恋的美好回忆似乎也不再那么强烈了。那一瞬间，程睿突然明白，其实，我们怀念的并不是初恋的那个人，而是有关我们的整个青春。

那天晚上吃完饭之后，王磊与程睿在饭店楼下逛了逛。程睿突然问王磊："你当初追我真的只是为了抄我的作业吗？"

王磊说："当然不是。"

程睿追问："那是什么原因？"

王磊说："当初追你没有任何目的，只是因为喜欢你。"

程睿的眼睛突然湿润了，她侧身拭了一下眼角，然后转回身,目光平静地注视着王磊说:"我可以再抱你一次吗?"

当王磊张开双臂的瞬间,程睿一下子扑进了王磊的怀抱。

后来程睿对我说:"七年之后的久别重逢,那种感觉难以言说,只记得在拥抱的那一瞬间,像是在拥抱自己的整个青春……"

(7)

初恋最美也最痛,感谢你赠我一场空欢喜,我们有过的美好回忆,已经让泪水染得模糊不清了,偶尔想起,记忆犹新。

就像当初,我爱你,没有什么目的,只是爱你。

让你笑的人,才配得上你的余生

秀过恩爱的也可能会离婚,单身的也可能更懂爱情。

很多读者遇到感情问题会问我该如何处理,俨然他们把我当成了午夜电台的"知心大姐"。对于一个年近而立之年还没成家的人来说,我越来越明白自己的婚姻该如何抉择了。

如果他们只是想寻求一些安慰或继续前进的动力,那还好;但如果他们真的不知道该如何继续了,那我会很坚定地说,不如就此止步,因为感情是一件最没法凑合的事情。

在感情中,我们都是摸着石头过河的人。我并不是一个幸运的人,曾经经历过几段不成功的感情,有痛心疾首的,也有无疾而终的。直到现在,我才知道,与三观相同的人在一起才是最重要的事情,若非如此,一个人好过两个人。

什么是三观一致呢?我觉得很简单。

两个人，如果一个人喜欢打游戏，一个人喜欢看书，那不叫三观不同，那只能代表兴趣爱好不同而已。遇到这样的情况，我会劝他们多沟通，多包容，好好在一起。如果是一个人只玩游戏，还不理解另一个人为什么会喜欢看书，或者是一个人喜欢看书，也不理解另一个人为什么会喜欢玩游戏，这才是三观不同。如果是这样的情况，那请恕我的不善良——很多人会拿"成人之美"来彰显自己的善良——我会劝他们好聚好散，不要耽误彼此，也避免更深的伤害。

我不理解他们口中所谓的"凑合"是什么，我不理解为什么女人年龄大了就必须降低要求凑合找一个，我不理解幸福与否为什么一定要用结婚生子来衡量。我理解的"成人之美"是知道两个人相爱后就不要去打扰他们了，而不是明知道他们不合适还怂恿他们继续在一起。

结婚不等于幸福，单身也不意味着不幸。我们孤身一人来到这个世界，也终将独自离去。一个人，同样可以活得精彩而有趣，找到属于自己的生活节奏，会有重要的事情弥补感情的空隙，那也是一种幸福，就这么简单。

为自己而活永远好过与三观不同的人在一起，每一天都是煎熬，时间越久伤害就会越深。

我不会只劝人和好，也不会只劝人分手，因为我知道一个人很好，两个人更好。

如果你在婚姻中出现了感情问题，我不会劝你离婚，因为"宁拆十座庙，不毁一桩婚"，但我也不会劝你妥协，生活是你自己的，想要什么样的一生，选择权永远在自己手里。

我很喜欢一句话：莫失己道，勿扰他心。所以，我不会替任何人做决定，也不会拿自己的价值观去要求别人，毕竟生活中，我看不惯的事情还有很多，但是社会就是这样，它不会因任何人的意志而转移，存在即合理！

很多人都在标榜"永远"，向往"执子之手，与子偕老"的感情。虽然"执子之手，与子偕老"原本写的是战友情，而现在很多人也用这句话来标榜美好的爱情。按现代人理解的意义去讲，我也觉得，执子之手，与子偕老的故事并非就是幸福的一生。婚姻有两种：一种叫"搭伙"，一种叫"余生"。这两种婚姻都可能会走到执子之手，与子偕老的结局，但幸福与否，并不在结局，而是在婚姻的过程中。

书上说，假如两个人在一起只是为了生活，而生活中没有节日，没有惊喜，没有感动，没有关爱，没有呵护，没有浪漫，没有交流，那这种日子只能叫搭伙。懂你、知你、爱你、疼你、保护你，不让你委屈难过，给你足够的安全感，让你笑的人，才配得上你的余生。

我的善良与我的不善良只想祝福你：愿有人能配得上你的余生，愿你有能力让别人去努力，争取配得上你的余生。

我这都是为了你好

生活中，我们经常会遇到这样的事情，有人对你做了你不喜欢的事情或对你百般指责和挑剔之后，突然冒出一句："我都是为了你好。"

听到这样的话，是不是有种无可奈何的感觉，让你突然找不到发火的理由。

"我都是为了你好。"多么自私又让人无力反驳的话，看似表达着爱意，却总让人难以接受。我觉得，如果真的为一个人好，就应该以他喜欢的方式去爱他，否则，只不过是为自私找了一个好听的托词而已。

前段时间，在中国传媒大学考试，结束后，我和一个同学去商店买鲜榨果汁，老板问我们想要什么口味的。

我说："帮我来一杯草莓味的。"

不料这时，同学对我说："小祺，你不要买草莓的，我和你说，鲜橙的好喝，你应该买鲜橙的。"

我说："可是我喜欢喝草莓的呀。"

他居然一本正经地对我说:"草莓的不如鲜橙的好喝,我平时只喝鲜橙的,你听我的没错。"

我感到有些莫名其妙,于是对他说:"每个人的口味是不一样的,你喜欢喝鲜橙的不一定我也喜欢喝呀?"

这时他居然有些生气地对我说:"我是为了你好,你怎么不领情呀!"

我见他很认真的样子,觉得这件事有必要解释清楚。我喝着草莓汁,他喝着鲜橙汁,我们坐在校园的长板凳上,我对他说:"我知道你是为了我好,可是你想一下,如果你给一只小白兔送了一筐鱼,你觉得小白兔会感激你吗?显然不会。小白兔不但不感激你,还会讨厌你,因为在小白兔的世界里,一筐鱼并不是食物,而是一筐没用的东西,但如果你把鱼换成胡萝卜,小白兔肯定会非常开心。"

我如此细心地讲述,他居然对我说:"人和动物是不一样的,怎么能把人和动物进行比较呢?"

我说:"人对食物的选择也是有区别的呀,酸甜苦辣咸,每个人有每个人喜欢的口味,不是吗?"

他却说:"不管怎么说,我就是觉得鲜橙汁比草莓汁好喝,我是为了你好,你不领情算了,以后不和你讲了。"

突然间,我脑海里有一万头羊驼在奔跑……看来真是如此,当一个人与你完全不在一个频道上时,就算你说的每一个字都有道理,他也听不进去。

生活中,我们常常会遇到这样的事情,不只是友情,爱情也是。

令我印象最深的是我的朋友赵峰。他在上大三时喜欢班里的陈颖，赵峰不知如何追求女生，只是认为女生都喜欢浪漫，于是就给陈颖买了一捧玫瑰花。第一次收到玫瑰花的陈颖不免有些欣喜，便对赵峰有了些许的好感，赵峰从此一发不可收，每个月都省吃俭用，就是为了给陈颖买玫瑰花。直到快毕业时，赵峰终于把陈颖追到手了。

或许是赵峰的大男子主义太严重，当他把陈颖追到手之后就慢慢表现出了自己的占有欲：他不允许自己的女朋友去KTV，更不允许她与别的男生单独在一起，就连与异性朋友吃个饭也要经过赵峰的同意才可以。对这种控制欲，赵峰的解释是在乎她才如此关心她的行踪。

陈颖看在赵峰对自己很好的份儿上，尽量与别的男生保持距离。很多人说她变了，变得世界里只有赵峰一个人了。陈颖却说："没关系，只要赵峰的世界里也只有我一个人就好。"

朋友看到赵峰依旧经常给陈颖买玫瑰花，依旧如此爱她，也就没理由再说什么了。

大学毕业后，赵峰对陈颖许下诺言："我要在三年内买房和你结婚。"

后来赵峰放弃了事业编，去了一家挣钱更多的私企上班。年轻气盛的他一心想要马上成功，于是，努力工作，努力挣钱，把所有的心思都放在了事业上。

当陈颖埋怨赵峰一心只为工作而忽视自己的时候，赵峰就会对陈颖说："我这还不是为了你嘛！"当这种争执变得严重时，赵峰就给陈颖买玫瑰花来缓和他们的矛盾，还不时买几件时尚的衣服，甚至买一些奢侈品。他觉得女生都不会拒绝这些东西，而且可以用物质上的满足拴住女人的心。

但事与愿违，一年后，陈颖终于受不了赵峰对爱情的态度，向他提出了分手。那一天，没有争吵，没有埋怨也没有指责，陈颖很平静地提出了分手。或许，真正的离开就是悄无声息的，那是因为她已经攒够了失望。

树叶是一天天变黄的，人心是一天天变凉的，故事是慢慢写到结尾的。

赵峰百思不得其解："我这么努力地爱你，你为什么还要离开我呢？"

陈颖说："你所谓的爱，就是几朵玫瑰、几件奢侈品和无穷无尽地制约。你每天只顾工作，有时间就陪领导、陪客户，却从来没有陪我看过一场电影，没有陪我逛过一次商场，就连吃饭，大多数也只是一起吃个快餐。你只会给我买玫瑰，买衣服，买包，这些东西对于别人来说可能意味着爱，但我感到的只是悲哀。我从来没说过想要这些外在形式上的爱，我需要的是陪伴，不是物质，因为我是一个独立的人，不是一个被你用来爱的机器。"

在赵峰的世界中，他为爱付出了一切，但在陈颖的世界中，她没有得到一点点自己想要的爱情。最终他们的恋情走到了尽头，也在情理之中。

故事的结局可能不完美，却让我们看到了人性的本质。

你给了她你认为最好的一切，却从来没有问一句她想要的是什么。我们在付出爱的时候，首先应该学会如何爱人，不然你的倾其所有，对别人来说只是负担。

  我是爱你的，你是自由的。不管是友情还是爱情，这应该是最好的状态吧。不以爱的名义去束缚对方，不主观判断，不同情、不怜悯、不苛求、不刻意、不敏感、不深究、不纠缠，更不自我感动。

  一切随缘随心最舒服。

  所以，喜欢她，就以她喜欢的方式去爱她，而不要自私地对她说："我这都是为了你好。"

如何评价我前任的现任,一个字……

如何评价我前任的现任,一个字——丑!哪怕他是"高富帅"。

因为只有这样才可以满足我毫无羞耻的虚荣心,也只有这样才可以让我难耐的情绪得到些许抚慰。

其实我们都一样,这种境况不只适用于男生,更适用于女生。

记得超级演说家中的刘媛媛曾说:"知道我为什么如此努力地运动减肥吗?因为我看到了前任和他的女朋友。"我想,如果这时,有人对她说,你前任的女朋友长得比你差多了,她一定会非常开心,哪怕她也知道这只不过是一句安慰她的话而已。

朋友就是那个不分对错、不分青红皂白站在你的立场一致对外的人。如果做不到，要么不是你的朋友，要么就是情商太低。

我接受不了朋友对我说："你前任找的对象好帅呀!"哪怕是事实。

谁都不喜欢听到前任的现任比自己好之类的话，尤其不喜欢自己的朋友这么说。

前任的现任永远是我的敌人，所以我不喜欢我喜欢的人喜欢我不喜欢的人，更不喜欢我不喜欢的人喜欢我喜欢的人。

更让我接受不了的就是自己的朋友给自己的前任介绍对象。虽然我也真心希望自己的前任能过得幸福，但这并不代表我可以坦然接受前任与现任相识是自己的朋友牵线搭桥促成的。这是一种腹背受敌的感觉，这种感觉中有失去，也有类似朋友的背叛。

我接受不了的不是现实的残忍，而是现实的残忍不该是自己朋友造成的。这跟心胸大不大没有任何关系。人都是有感情的，在触及情感的事情上，如果一个人可以做到无动于衷，那么只有两种原因：一是真的不爱了，二是根本没爱过。

李碧华在《生死桥》里写道：你将来的人，不是心里的人。世间常常是这般，爱的是一个人，结婚的是另一个人。有些人错过了，让我们明白爱和拥有是两回事，适不适合比喜不喜欢更重要。

可总有人喜欢站在道德的制高点来干涉别人的感情："既然分手了为什么还对前任的现任耿耿于怀?难不成你还不让你前任找对象了?"拜托，我希望我前任过得幸福与我不愿接受这个事实是两回事。就像我在《祝你幸福》那篇文章中写的一样，祝你幸福是真的，祝你们幸福是假的。

　　感情永远都是没有道理可讲的，为什么相爱的人不能在一起？为什么你爱的总被爱你的打败？为什么你的倾尽所有还不如别人的什么都没做？为什么一起规划好的未来没能走到尽头？为什么总在失去之后才知道后悔？为什么总在回不去的时候才懂得珍惜？为什么有那么多的为什么，明明知道答案却总是忍不住还想再问一次，到底是为什么？因为感情的故事就是如此奇妙，明明知道真相，却还是不愿相信。就像我评价自己前任的现任，哪怕他是"高富帅"，我还是愿意自欺欺人地说他丑。

爱情能否经得起物质的考验

最近有朋友与我讨论爱情能否经得起物质的考验这个问题。似乎很多人都觉得，爱情与物质，很难找到平衡的博弈点。

有些人婚前爱得轰轰烈烈，婚后，爱情则被琐碎的生活消耗殆尽。

有些人婚前爱得平平淡淡，婚后却可以把生活过得有滋有味。

当然这只是常见的两种不同的生活状态，更幸福和更悲惨的也屡见不鲜，有的人爱得如痴如醉，婚后的生活也更加精彩；有的人爱得担惊受怕，婚后的生活更是如履薄冰。

托尔斯泰在《安娜·卡列尼娜》中写道：幸福的家庭都是相似的，不幸的家庭各有各的不幸。

朋友问我："如果生活真的如此，那些幸福的家庭做对了什么？那些不幸的婚姻又是哪里出了差错？"

其实，我只是不明白，为什么大家要把爱情和物质作为婚姻的博弈对手呢？难道它们就不可以成为好朋友吗？我觉得，对于婚姻而言，爱情与物质应当是相互扶持、齐头并进的关系。

在婚姻中，丰富的物质如果缺少了爱情做基础，那么再奢侈的生活都会变得乏味；丰盈的爱情如果没有物质做铺垫，那么再好的感情也会变得单调。因此，在婚姻中，物质与爱情是缺一不可的两个重要因素，缺了哪个都可能导致家庭的不幸。只有爱情与物质同时存在，我们才会探寻到婚姻的真谛，实现幸福生活。

曾有人说宁可坐在宝马车里哭也不愿坐在自行车上笑，可是有人无论坐在哪里都会哭，也有人无论坐在哪里都会笑，就看自己在情感生活中，以什么样的姿态对待爱情与物质之间的关系。

无情地被人讨厌了一把

有一个读者,看过我的大部分书,但从未见过我。

后来机缘巧合之下,我竟认识了她的男朋友——孙少华,孙少华和我一样是一个北漂,他的女朋友则在安徽合肥,不言而喻,他们是异地恋。

像每对异地恋情侣一样,他们之间也经常存在因不能时常陪伴而引发的矛盾,孙少华有一句哄女朋友的万能话——多喝热水。

女朋友感冒了,孙少华说多喝热水;女朋友来大姨妈了,孙少华还是说多喝热水;女朋友说想家了,准备回老家陪父母两天,孙少华说回家后要记得多喝热水。

有一次女朋友说自己刚买的香水丢了,孙少华竟然说:"你看你,是不是没喝热水。"

女朋友火冒三丈,对孙少华说:"我香水丢了跟喝没喝热水有什么关系?"

孙少华说:"当然有关系了,你要是多喝热水你就是一个听话的女朋友,听话的女朋友香水丢了,我是可以再给她买一瓶的。"

总之,无论与女朋友发生什么矛盾,孙少华都能用"多喝热水"搪塞过去。

直到孙少华知道他女朋友是我的读者后,才改变了套路,因为提我的名字比多喝热水管用多了,所以与我发生的任何故事都会成为他们之间茶余饭后的话题。

开始的时候,孙少华与他女朋友之间的感情因我的存在而变得更加和谐了,但后来渐渐失去了乐趣,因为孙少华经常以我的名义来"教育"他的女朋友,但凡他们之间发生了矛盾,孙少华就把我搬出来,告诉他女朋友:左小祺说了,爱情中女人应该怎么样怎么样,否则就不是个好女朋友。

这一招在开始的时候确实挺管用,孙少华一提到我,他女朋友就乖乖地不闹了,孙少华也因此沾沾自喜了好久。

有一次,孙少华又和他女朋友闹起了别扭,然后对他女朋友说,人家左小祺说了……刚一开口,他女朋友就在电话那头说:"我不听,以后别和我提左小祺,我不喜欢他了,左小祺说的所有话都是向着你,从来没有一句话是向着我的。"

说实话,我哪对孙少华说过什么话呀,都是孙少华自己编的,什么听话才是好女孩,少花钱才是好女孩,不烫发才是好女孩,不化妆才是好女孩……当我知道这些后,真想踢孙少华一脚。

孙少华的情商确实很高，在发现提我不好使的形势下，他便话锋一转，接着他女朋友的话说："对，左小祺说的都不对，我也这么觉得，早就看不惯他了。"

于是，他们两个一块儿说了我十分钟坏话，然后和好如初。

我在一边看着孙少华乐呵呵地挂了电话，只能狠狠地白了他一眼。

爱情和女人之间的友情一样，有一个共同的喜好很重要，有一个共同讨厌的人则可以为感情加分。

躺枪的我只想弱弱地问一句："我招谁惹谁了？"

谁对我好我就对谁好

小的时候,我很喜欢狗,但不喜欢猫。听很多人说,狗属于"忠臣",猫属于"奸臣",因为无论你家贫穷还是富有,只要你养狗,狗就不会离开你,而猫不一样,猫是谁家喂的食物好就去谁家。

或许是出于小时候黑白分明的道德观,我总以为狗是人类的好朋友,猫不是。因此,我从小就产生了喜狗厌猫的观念,这么多年来,这一观念从未改变。

后来,有一次回老家,吃饭的时候听到有一只猫一直在门口叫,我问妈妈:"这只猫是咱们家养的吗?"

妈妈说:"不是,也不知道是谁家的,前几天家里吃鱼,它可能是闻到鱼腥味了,跑到咱家门口一直叫,我就把鱼骨头全倒给它了。后来,每到饭点这只猫就跑到咱家来叫食,喂了它几次，它竟然赖着不走了。"

我说："真是应验了那句老话，猫是奸臣，谁对它好它就往谁家跑。"

后来我发现，这只猫不只是饭点才来，有时一整天都在我家院子里待着。或许是感到了安全感，对我们家的人谁也不怕，有时还找存在感，当我路过它身边时，它就跟着我的脚步，偶尔还会用身体故意蹭我的脚。每当这个时候，我就会蹲下来，抚摸一下它的头，它侧侧头，不躲不闪，任由我抚摸。那一瞬间，我突然觉得，猫在温顺的时候原来也是非常可爱的。

久而久之，我竟喜欢上了猫。

那几天正是秋收的时候，家里开始忙农活，爸妈从田地里收回来很多玉米，我和奶奶在院子里扒玉米皮。午后的阳光洒满大地的时候，一只老鼠开始为生计操劳，跃跃欲试地想偷玉米，刚一出来，那只猫不知从哪里跳了出来，一下子扑在了老鼠身上，叼起来就跑了。

奶奶说："看吧，没有白喂它，自从这只猫来了咱家，家里的老鼠少了不少。"

奶奶的话让我感慨联翩，小的时候大家都说猫是奸臣，谁对它好它就去谁家，我也因此很多年都不喜欢猫，但如今突然发觉，何尝不是如此呢？经历了世事沧桑之后才会发现，人这一生，遇到一个真心对自己好的人何其不易，一旦有幸遇到了，怎么会舍得轻易离去呢？

很多人都说，到了一定年龄，必须扔掉四样东西：没意义的酒局，不爱你的人，看不起你的亲戚和虚情假意的朋友。因此，谁对我好我就对谁好，有时不是出于自私，而是不想让自己失望伤心罢了。

猫一出生就懂这个道理，却被人扣上了"奸臣"的罪名，而人是经历了一些是是非非后才有所觉悟，我们比猫更高级吗？

遇见你之后最好的时光才开始

情人节那天,张哥的女朋友见他无动于衷,于是故意问:"张儿,今天几号呀?"

张哥说:"今天初十。"

张哥的女朋友很无奈地说了句:"哦。"

张哥依旧心不在焉地看着电视,似乎并没有领会女朋友的意图。

张哥的女朋友不死心,不一会儿对张哥说:"张大胖子,你问问左小祺今天到底是几号呀?"

张哥在微信上故意问我:"小祺,今天几号呀?"

我说:"今天是2月14号。"

于是张哥回头对他女朋友说:"亲爱的,小祺说今天是2月14号。"

他的女朋友一听，彻底无语了，很委屈地说："你就不能想想今天是什么日子吗？"

过了一会儿，张哥故意对他女朋友说："亲爱的，我终于想明白了。"

张哥的女朋友有点欣喜，但还是压抑着内心的欢喜说："想明白什么了？"

张哥说："我记得今天是初十，小祺说今天是2月14号，你说我笨不笨呀，居然才想明白。"

张哥的女朋友说："那你说，今天是什么日子。"

张哥说："2月14号不就是初十嘛！"

接着一个抱枕便砸在了张哥的头上，张哥的女朋友气得眼泪快掉下来了。

这时，张哥才笑嘻嘻地从抽屉里拿出早已为女朋友准备好的情人节礼物。

张哥的女朋友破涕为笑，拧着张哥的耳朵撒娇："你是故意的，是不是？你就知道欺负我。"

第二天吃过晚饭，我发微信给张哥："出来散步吗？"

张哥回复我："老地方见。"

不一会儿，张哥就披了件大衣下楼来找我了。我们习惯性地围着大院闲逛。

张哥比我大一岁，今年29岁，身材魁梧，一米八的大个儿。他与女朋友是去年认识的，他们两个已经谈了半年了。

当我们走到大院里人迹稀少的小路时，张哥看四下无人，小声对我说："小祺，给你讲个事情，我女朋友可能是我的初恋。"他说这话时特别小心，像是在对我讲一个小秘密，轻声细语中透露出张哥有一丝丝的不好意思，但更多的是幸福感。

而我听到这句话的第一反应是："初恋？你都29岁了，才谈恋爱呀？以前一直都没有谈过恋爱？"

张哥说："以前喜欢过一个女孩，但只是暗暗地喜欢，没有表白，算是恋爱吗？"

我说："不算。"

他又说："以前还喜欢过一个女孩，表白被拒绝了，没在一起过，算吗？"

我说："不算。"

张哥问："那怎么样才能算是真的恋爱了呢？"

我说："当你们双方正式确定恋爱关系的时候，才算是真正恋爱了。"

张哥说："那么，我的女朋友真的就是我的初恋呀。"

张哥直到28岁才谈恋爱，他的爱情真是应验了那句话："为了遇见你，竟花光了我所有的运气。"难怪每当谈起女朋友的时候，张哥脸上都会泛起幸福的表情。

我问："昨天情人节送你女朋友什么礼物了？"

张哥说："本来想给她买件礼品，但觉得买的没诚意，于是我就从网上买了一些彩纸，给她叠了365颗星星，代表我对她的爱就像这些星星一样，一年365天都陪伴着她。"

我说："这还用叠吗？网上不是有很多叠好了的吗？你不

会也是买的现成的吧?"

张哥很认真地说:"那不一样,买现成的太不真诚了,我都是自己一个一个叠的,而且每一个里面我都写了一句祝福语。"

听到这些话后我十分感动,我吃惊地看着张哥,真看不出这个大老粗居然还有这么细腻的心思。

现在的很多人习惯了快餐式的爱情,也习惯了简单粗暴的示爱方式,无论什么节日都用一个字来表示爱,那就是——买!项链、手镯、戒指、名牌包,越贵的东西似乎就越能代表爱。真的不知道现在的我们从什么时候开始变得如此不浪漫了。

记得在中学时代,过节或过生日时,我们会费尽心思去为喜欢的人准备礼物,叠星星、叠千纸鹤。就算是买件礼物,也需要我们提前好多时日开始攒钱,攒够钱之后跑好几个商店挑选礼物,买完之后还央求老板尽量包装得好看一点。哪怕只是一张贺卡,我们也会绞尽脑汁、搜肠刮肚地想一些优美的句子,在草稿纸上练习几十遍,然后才小心翼翼地写在贺卡上,生怕某个字写得不完美,就像有一点儿不完美便会玷污了对方的纯洁一样。是的,那时的爱是多么纯洁。十多年过去了,我们变得越来越世俗,越来越不浪漫,越来越快餐式地求爱。总以为只要礼物足够贵重,就一定能得到女生的芳心。渐渐地,花心思为女生准备一件简单的礼物变得如此奢侈。

最后,张哥对我说:"遇见她之前,我没有想过结婚,遇见她之后,结婚我没想过别人。"

有一种幸运是在想结婚的时候遇到了彼此喜欢的人。或许曾经山水不相逢，或许曾经也路过万种风情，或许在无数个寂寞的夜晚也曾无助地祈盼过，但早也好晚也罢，一点都不遗憾没有在最好的时光遇见你，因为遇见你之后最好的时光才开始。

真爱不过如此

如果有一段时光,你我是永恒的情人,无论争吵还是冷战,都不会离开彼此的那种情人,就像小学时,高年级的大哥哥帮你打了欺负你的坏男生,你便觉得自己是全世界最幸福的少女。

等那段时光结束,最初的爱恋也就只能出现在记忆中。就像护着你,不让任何人欺负你的大哥哥升入初中后,而你只能在小学里苦苦煎熬。

大哥哥成为你的英雄,也成为你魂牵梦绕的思念。

后来,你照着大哥哥的模样找男朋友,却只是谈了几次不成功的恋爱。

直到找到真爱,你穿着婚纱,手捧鲜花,向全世界宣告你是最幸福的女人。

这时大家才发现,新郎竟是小学时欺负你的那个坏男生。

如果有一段时光,你我是永恒的情人,无论争吵还是冷战,都不会离开彼此的那种情人,就像小学时,你指着我对高年级的大哥哥告状:就是他偷亲我!

当时只道是寻常

有一个地方,你去了就不想离开;有一种人,你一辈子只能遇见一次。

想起了很多年前,在泰安,虎山公园溜冰场。

那时我还不会滑旱冰,被几个同学怂恿着穿上旱冰鞋,别人都在追逐,我却只能扶着栏杆慢慢挪动。后来,可恶的王西刚拉着我的胳膊,硬生生把我推到了场地中间,然后大笑着离开了,我像个热锅上的蚂蚁,六神无主地站在原地,努力摆动着胳膊维持身体平衡。

突然听到背后传来一声惊呼:"帅哥,停,别往后退了,啊……"

本就站立不稳的我偏偏在听到这个声音后,脚下不听使唤地往后滑了起来,接着,我便重重地撞倒了,然后有一个身体扑在了我身上。等我缓过神来时，一个挺清纯的女孩很大方地向我伸出手，把我拉了起来。

她对我说："你没事吧？"

其实我摔得挺疼的，但在女孩面前，还是要强地说了句："没事。"

她笑着说："没事就好，你是不是不会滑呀？"

我只好赧然一笑，说："是呀，有点不会滑。"

没想到她说："来，我教你吧，你把手给我，慢慢挪动腿。"

我顺势把手伸给她，她就拉着我的手，慢慢地教我滑起了旱冰。本来在一旁看我笑话的同学全都展现出惊讶的表情，有一种弄巧成拙的感觉。

一下午的时光很快就这样过去了，最后我们挥手告别，她告诉我她叫小敏，有缘下次再见。后来，那种罗曼蒂克的感觉久久回荡在脑海时，我才后悔当时没有留下她的联系方式。

于是第二天我又去了虎山公园溜冰场，等了一下午也没有等到她的身影，然而，第三天、第四天、第五天……接连数日都没等到她的出现，只有无奈的我站在溜冰场上迟迟不愿离去的身影。

所有的相遇都是因为时光恰好。有缘相遇却无缘相识，或许是世间最无奈的事情，因为缘分这东西总是可遇不可求，不经意间与你撞个满怀，又在一个转身后便消失不见了……就像那个教我滑旱冰的姑娘，总觉得还有明天，可一转身就只能留我站在故事发生的地方苦苦回忆。

有一个地方，你去了就不想离开；有一种人，你一辈子只能遇见一次。

有天下午我在五棵松公园跑步,一位穿着碎花裙的姑娘坐在公园边的木椅上玩着手机,当我路过她的身边时不经意瞟了她一眼,第一感觉就是:哇,好漂亮的姑娘。

因为五棵松公园是一个环形的跑道,一圈只有800米,所以用不了几分钟就能跑完一圈。当我第二次路过她身边时,不自觉地就想多看她几眼,她依旧自顾自地玩着手机,根本没察觉到我的存在。

好想认识她,好想和她打个招呼,突然有这样一个想法萦绕在我的脑海里。不知不觉第三次路过她的身旁,我还在想怎样与她打招呼的时候,她不经意间抬头也瞟了我一眼,那四目相对的瞬间或许还不到一秒钟,我却惊慌失措地加快了脚步,像个犯了错的孩子一样不知所措。

就这样又和之前一样看似平淡无奇地擦肩而过了。

我暗暗地责怪自己的胆小、懦弱,同时又在幻想着与她搭讪的种种场景,是浪漫、是惊喜、是无奈,还是糟糕。想到她的碎花裙,运动鞋,扎着蝴蝶结的长发,总有一种舒适的感觉,所以想结识她的欲望就越加强烈。

已经是第四次路过她的身旁了,我望着她的身影,不知不觉放慢了脚步,仔细观察她的姣美容貌,并在捉摸着与她搭讪的时机,可是越靠近她心情越激动,胆小与冲动的力量相互较量,我仿佛能听见自己心跳的声音。当我在她的身边停住脚步,与她搭讪的话语已经到达了喉咙时,她的手机突然响了,她低着头不紧不慢接起了电话。我有口难开，与她搭讪的冲动被这突如其来的手机铃声惊扰得支离破碎。还没等她发现我的存在时，我便又一次无奈地跑开了。

这是天不遂人愿吗？我一边小跑着一边劝慰自己，没事，既然已经鼓起了勇气，那就在下一次路过时与她搭讪。不管发生什么事情，下一次必须与她搭讪，不管她会把我当成坏人，还是会骂我变态，都要把心里渴望与她结识的想法告诉她，无论她的态度如何……

当我跑过第五圈的时候，让我始料未及又扼腕叹息的事情发生了——她不见了。我焦急地四处寻望她的身影，可就是看不到她的存在。碎花裙，运动鞋，扎着蝴蝶结的长发一直浮现在我的脑海里，但我再也没有找到她的身影。本以为下一次路过时，她依旧会在原地玩着手机，本以为下一次有机会搭讪，可事实就是这样，一转身就再也不见。

我曾久久徘徊，也曾苦苦寻觅，可错过的人，真的再也找不到了。

想起了纳兰性德的一句话：当时只道是寻常。当时，我久久徘徊在这七个字当中不能自拔。

人生中，我们有多少幸福的时光，在发生的时候感觉不到，只觉得是再寻常不过的小事，以为还有明天，还有下次，明天依旧会发生，下次依旧如初，因此不曾去把握，也不曾去珍惜，但当这一切都消失不见的时候，我们才站在夕阳的余晖中叹息，当时只道是寻常的一切，原来真的都已经逝去，再也回不来了。

闪婚到底靠不靠谱

有朋友问我:"你会选择闪婚吗?"

我说:"很有可能会。"

朋友很惊讶地问道:"你怎么也选择闪婚啊?"

我反问道:"我为什么就不能选择闪婚呢?"

朋友斩钉截铁地说:"因为我觉得闪婚很不靠谱。"

或许一提到闪婚,大部分人都会说不靠谱,毕竟有那么多血淋淋的例子告诉我们:没有感情基础的婚姻是不能够长久的。我身边的很多朋友是闪婚,有些人确实过得不怎么幸福,有一些人结婚没多久就离婚了,但不得不承认的是,还有一些人闪婚后过得美满幸福。

这到底是为什么?

首先,我们应该弄明白是什么原因让如今的社会出现如此多的闪婚现象。

看看身边的朋友，我认为出现这种现状的原因可分为两类：一类是刚接触到爱情的人，他们对爱情充满了最为美好的幻想。中国传统文化标榜的爱情就是一旦相爱就要一生一世。在传统文化的熏陶下，他们认为自己的爱情一定是心中幻想的那样可歌可泣的，认为自己选择的对象也会是心中幻想的那样可以与自己不离不弃一生相伴。当这类人碰到爱情的时候，就会爱得死心塌地，内心对爱情的憧憬促使他们失去理智，爱情成为他们的全部，一旦拥有结婚的条件，他们便会义无反顾地踏入婚姻的殿堂。

另一类容易闪婚的人群是因为年龄的因素。随着年龄的递增，他们已经过了大众眼中的最佳结婚年龄。这个时候，父母的催婚，亲朋好友的"煽风点火"，周围人的异样目光，舆论的压力等因素，让他们的危机感不断加重，再加上周围的朋友大部分结婚生子了。别人家庭的热闹与自己的孤单便会形成鲜明的对比，羡慕的同时就会对婚姻产生无限的向往。在这种情况下，一旦遇到个差不多的人，便想迅速步入婚姻。

我觉得闪婚与靠不靠谱没有太大的关系。那些问我闪婚靠不靠谱的人，其实更想问闪婚到底能不能得到幸福。

看看我们周围那些不是闪婚的人们，他们的婚后生活是什么样的呢？不难发现，经过爱情长跑的婚姻竟然也有不同的情况，有幸福美满的，也有很不幸福的，当然离婚的也不占少数。既然如此，谁又敢说经历过爱情长跑的婚姻就一定是靠谱的呢？所以，不同的结婚方式与靠不靠谱其实是没有必然联系的。

闪婚只是结婚的一种方式而已,只是比经过爱情长跑的人更早一步完成了结婚这个仪式而已。

为什么同一种结婚方式会出现幸福与不幸两种截然不同的结局呢?

我觉得这很正常,原因很简单。

有些人闪婚后没有得到想要的幸福,只是因为他们对自我的定位还不够准确,对世界的认知还不够成熟。婚姻如果是他们的一时冲动或潦草凑合的话,婚后面对琐碎的生活时,双方的缺点一旦全部暴露之后,矛盾便会日益激化,最终很难走向自己当初憧憬的那个未来。

有些人闪婚得到了自己想要的幸福,一般而言,这些人对自己和这个世界都有深刻的认识,他们各自有过一些情感经历,看到过世间百态,明白生活中存在诸多不确定性,对于自己在情感上的需求已经逐渐确定下来,判断是否遇到了"对"的人,便不需要太多的时间。因此,这一类人选择闪婚的概率会很大,将生活过得风生水起的概率也会很大。

这就是同一种结婚方式出现幸福与不幸两种截然不同的结局的根本原因所在。

毕竟,婚姻需要爱情,但生活也是现实的。

酒杯最深处

举起满杯的故事,
倾听着,
在这深夜,放肆地陶醉。

我把酒兴化作遥远的方向,
眺望着,
青春路上,渐渐泛红的脸颊。

梦想与激情是友谊最美的花朵,
要记得,
没有雅俗,总会遗落灯红与星光。

一声离别从我的心底穿过,
惊醒了一桌狼藉,

我却不知，该用什么琴声附和。

打马而过的江湖，
不必辛酸，
那清脆的干杯声，是在敲响你我希望的心声。

他是个雷厉风行又特立独行的人

他曾告诉我,想要做一件事情就马上去做,不要犹豫,否则,不仅会浪费时间,还会降低成功的可能性。

话说,他就是这样一个雷厉风行又特立独行的人。

我们是在作家联谊会上认识的。第一次见面时他笑着和我打招呼:"嘿,左小祺,在网上和你交流过,还记得我吗?我是贾俊存。"

我说:"当然记得了,我经常听你主持的节目,还有你的搭档乐妍老师,声音超级好听。"

他当时是某市交通音乐电台的主播,也是那次作家联谊会的特邀主持人。第一次见面也没想到后来可以玩得如此好,这也许就是参加作家联谊会的魅力所在吧。因为我们都有一个共同的爱好,也都有一个相似的梦想,所以心与心的距离总是很近。

毕业于常州大学的他，从小品学兼优，按常理来说，与我这种小混混是玩不到一起去的。谁也没想到，后来我俩竟然成了兄弟。

联谊会的第一天晚上，当地比较要好的朋友周炀请我们去吃火锅，我们在杯觥交错间聊得不亦乐乎，我觉得他是一个思想超前的人，他觉得我是一个心态超好的人，就这样我们在第一次煮酒论英雄的时候，自然而然地喝多了。

酒过三巡菜过五味之后，他们都嚷着去唱歌，对于我这种五音不全的人来说，去歌厅总有一种自取其辱的感觉。他们点播了周杰伦、萧敬腾、五月天等流行歌曲，轮番轰炸之后，屏幕上突然出现了一首《捉泥鳅》，这时贾俊存抢过话筒说："这首歌是我点的，谁会唱，和我一起唱。"周围的人都在摇头，只有半天都没出声的我怯怯地说："好像我会唱这首歌。"于是我借着酒劲与贾俊存吼了起来："池塘里水满了，雨也停了，田边的稀泥里到处是泥鳅……"

从歌厅出来后，贾俊存对我说："你点的歌我都会唱，我点的歌你也基本上都会唱，看来咱俩的品位差不多呀。"

当时我就在想：像我这种品位独特的人能遇到一个"臭味相投"的确实挺难得的。

很多人都认为我们是因为志同道合才走到一起的，其实才不是呢：他有他的梦想，我有我的追求，我们对未来的期望风马牛不相及。要说我最欣赏他哪一点，那肯定是他离别时的洒脱。

联谊会最后一天，在送别来自五湖四海的朋友时，我们通

他是个雷厉风行又特立独行的人

常会在车站握手寒暄，拥抱致意，为难得的相聚画上最为完美的句号。只有贾俊存不一样，他当时对我说了一句"我走了，下次再见"，就拉着行李头也不回地进了车站。我的离别语还没有说出口，他就已经消失在了茫茫人海中。

韩寒导演的电影《后会无期》中有这样一句经典台词：每一次告别，最好用力一点，多说一句，可能是最后一句，多看一眼，可能是最后一眼。于是本就伤感的离别被附加了更多没必要的感伤。我是一个不喜欢送别、也不喜欢别人为我送行的人，但很多时候，出于礼貌不得不去送别，为了不辜负他人的好意，也不得不接受被送行，但在离别的车站，我很不喜欢那种感觉。即使再不舍，也不喜欢别人看着我难过的眼神，我宁愿独自悲伤，像电视剧里那种追着车跑的情景在我看来实在太假，我更不会去学。

或许是我们都确定，今后肯定还会再相逢，所以贾俊存的说走就走没有让我感到任何尴尬；相反，却让我突然明白了人原来可以这么洒脱。

世界上所有的相遇都是久别重逢。几个月后，我要在合肥大摩广场纸的时代书店举行沙龙讲座暨《青春路上》签售会，我对书店老板说："主持人能不能我自己找？"

书店老板说："当然可以了，那我岂不是还省事了。"

于是我给贾俊存打去电话，他说："早就听说你要开沙龙讲座的事情了，我一直在想能不能让我去主持呢……"

除了贾俊存，合肥当地的很多朋友也来到现场为我助阵，因此讲座一开始，我就对观众说："我并不想把这次活动定义成一次讲座，也并不想办成一次签售会或新书的推荐会，我想让它成为一次心与心的交流与沟通会，简而言之，就是一场朋友的聚会。"

我很珍惜与朋友在一起的机会。那次活动很成功，我讲了很多陈年往事，贾俊存也说了很多心里夙愿，我们都很喜欢这种感觉，不会为了讲座说一些连自己都不信的人生哲理。

我不知道贾俊存推掉了多少事情才挤出时间来帮我主持活动，我只知道他的行程安排得很满，第二天一早就要赶去高铁站，回常州为下午的电台直播做准备，而且他当时还兼办了一个培训班，教小孩子学习普通话，晚上还有孩子等着他上课。所以我心里满是感谢，我去送他，他云淡风轻地对我说了句"再见"后就消失在了人群中，我想对他说的"谢谢"都没来得及说出口。

是呀，有那么多有意义的事情等着你我去做，我们有什么理由整天在感伤里矫情呢。

事实如此，在随后的日子里，贾俊存做了很多比怀念感伤更有意义的事情，参加广播电视台"青春的告白"演讲比赛并获得了总冠军。不久后他的第一本作品集出版了，他找我为他的新书写几句题词，我给他写道：有一种相遇，不问曾经、不忧未来，只因在最美的年华携手一程，一路同行。青春还有多久，相伴便会有多久。只因共识，不求梦想完成得有多美，但愿我们拥有同一个梦，还有一段相扶相持的故事。

我不知道他在成绩背后付出了多少汗水，但我清楚的是，他是一个拥有梦想并一直为之奋斗的人。

后来的后来，当电台准备要和他签约，聘任他为在编人员的时候，面对大家都求之不得的事情，贾俊存却做了一个让所有人都大跌眼镜的决定——辞职。很多人都不明白他为什么这样做，他告诉我的是，他想要学习电视编导，未来做一个出色的传媒人。工作两年多，很多人都会在工作生活的消磨下变得更现实，而他依旧拥有崇高的梦想——继续读书，去实现自己的梦想。于是他考到了中国传媒大学，双学士加硕士连读5年！5年！他要在青春最美好的时间里"孤注一掷"，为梦想放手一搏。

我能感受到他身上强烈的青春气节，这种气节只属于充满激情、永远年轻的人。

于是我们生活在了同一个城市，呼吸着同样的空气，相聚的机会也自然更多了。地铁一号线，五棵松到中国传媒大学，虽然穿过了整条长安街，但好在不用换乘，几首歌的时间就到了。

在北京一起玩了好多次，他叫我欢乐多，我叫他二逼青年，于是我们两个加起来就是二逼青年欢乐多！不管他有多高的学历，不管他有多大的梦想，我还是最喜欢离别时的他，转身就走，无须送别，雷厉风行又特立独行。

因为我有几个朋友是做记者工作的，在他们的渲染下，我对新闻产生了浓浓的兴趣。

我对贾俊存说："如今，我对新闻有很大的兴趣，现在去学新闻会不会太晚了呀？"

贾俊存斩钉截铁地回答我："一点儿也不晚！"

没承想,第二天,贾俊存打电话问我:"你今天有空吗?"

我说:"有!"

贾俊存说:"我有点事想找你说,一会儿到你那里,等着我。"

我说:"好的。"

半小时后贾俊存来到我单位,从书包里掏出几张纸,上面全是北京各所大学新闻专业的学习指南,然后对我说:"想要做一件事情就马上去做,不要犹豫,否则,不但会浪费时间,还会降低其成功的可能性。"

没想到我随口一句无心的话,他居然如此用心地帮我去收集资料,感动得我立刻请他吃了一碗西红柿鸡蛋面。

从小饭馆出来到地铁口,我一直在哼着《捉泥鳅》,"大哥哥好不好,带我去捉泥鳅……"贾俊存却一直对我讲着想学就马上去学的道理。到了地铁口,贾俊存说:"你自己认真考虑一下呀。"

我说:"好。"在我准备对他说我已经考虑清楚了的时候,却发现他已经消失在了人群中……

这个雷厉风行又特立独行的人,我该说你什么好呢?

如今,我已经毕业了,当我拿到毕业证和学位证书时,突然又想起了他……

你过得好不好，一眼便知

一位作家朋友路过北京，顺便来见我一面，我们约在我的左小祺书吧，特意找了一个安静的角落，相对而坐。

上一次见面已经是两年之前的事情了，记得我们一起吃火锅时，她说："下一次见面该你请我了，我要吃海鲜。"没想到不久之后，她被查出患有痛风，医生叮嘱她不能吃海鲜，因为海鲜中嘌呤含量较高，吃了之后容易在体内形成尿酸结晶，加重病情。

看到她有些憔悴，我不禁心生怜悯。

她问我："最近好吗？"

我说："很好呀，一切都挺不错的。"

她瞟了我一眼说："你还是没变，像个孩子，永远长不大。"

我自嘲地说："真想一辈子就这样玩世不恭，放荡不羁。"

她说："可是人总是要长大的呀。"

我说:"既然人总是会长大,那我希望自己长大得尽量慢一些。"

她问我:"你喜欢现在的状态吗?"

我说:"按照自己的节奏一直走下去就会幸福,就像我现在这样。"

她说:"你觉得你这辈子会改变吗?"

我说:"也许会改变吧,但我希望我不会改变。"

她喝了一口咖啡,对我说:"你怎么不问我过得好不好呢?"

我说:"不用问,我知道你过得不好。"

她说:"你怎么知道?"

我说:"你的状态已经告诉我了。"

一个人过得好不好,其实一眼就可以看出来,精神状态就是最好的答案。

以前,见到久违的朋友,我也会习惯性地问一句"最近好吗",但是现在不怎么问了,因为很多人都会习惯性地回答"还好"。就像一个人心里很不好受的时候,当别人问起来时,脱口而出的还是那句"没事"。是否真的还好,是否真的没事,只有当事人自己心里最清楚。

一个人过得好与不好,根本不需问,看看他的神情,看看他的面容,看看他的眼睛,就知道了。原来,一个人过得如何真的会展现在脸上,他是幸福还是不幸,是悲观还是乐观,全都体现在他给人的状态里。一个人的人生状态并不在于一时的喜怒哀乐,而在于他走过的路,去过的地方,遇见的人,读过的书，经历的沧海桑田，以及爱过的每一个人。

我的朋友是一位畅销书作家，或许她比我有名，或许她比我有钱，但是她的脸上少了很多像我一样的笑容。她是一个很看重自己名誉的人，每一句言论都要经过深思熟虑之后才会说，每一张照片都要经过修图之后才敢发。她认为自己在读者眼中的完美形象是最为重要的，因为自己的一点小"差错"而掉粉是绝对不能接受的事情。

有次我问她："你这样不累吗？"

她想了想说："累。"

在她眼中，我是一个最接地气的作者，她时而不解，时而不屑，时而又羡慕。

有一次，我受邀参加时尚设计师GALO在恭王府举办的设计展出，就在恭王府前面的胡同转弯处，路过一家卖包子的店铺。当时店家一掀开蒸笼，热气腾腾的白色水蒸气瞬间布满了整间店铺，包子的香气扑鼻而来，馋得我直流口水。我凑上前去花3元买了一个肉包子，然后蹲在胡同角落里吃了起来，边吃还边自拍发了个朋友圈。

她看到我的朋友圈，穿着西装，蹲在路边，吃着包子，还说好香好香。于是发信息对我说："你怎么这么不注重你的形象！"

我当时就蒙了，不知道自己做了什么违反道德的事情，问她："怎么了？"

她对我说："你好歹也是个作家，也是有读者的人，发这么落魄的朋友圈，你就不怕你的读者看到后不喜欢你了吗？"

我回复她："可是包子真的很好吃呀。我从小就爱吃刚出笼的肉包子，也是在路边买了边走边吃，以前什么样现在还什么样，我不觉得这有什么丢人的。"

她居然"放狠话"道："这就是你为什么一直不火的原因！"

我很不解，曾经我们刚相识的时候，那时我俩谁也没有出版书籍，没有作品也没有读者，但是很开心，因为对未来的期许。有一次在路边看到一个卖烤红薯的，大冬天冻得瑟瑟发抖，我们就一人买了一个红薯，然后坐在马路牙子上抱着红薯吃。当时，她笑着对我讲："等以后有钱了，我就天天买红薯吃。"

当时看到她纯真的笑容，真想追她当女朋友，可还没等我下手，她就成了别人的女朋友。如今的她名利双收，拥有众多粉丝，挣到了更多金钱，然而不但变成了单身，更是丢了当初的那个笑容。

我不觉得"火"是一种很幸福的状态，因为我不喜欢伪装。比起被景仰，我更喜欢脚踏实地的感觉；比起被吹捧，我更喜欢接地气的生活状态；比起爱慕虚荣，我更喜欢吃路边刚出笼的大包子。

后来，她再也不嘲笑我蹲在马路上吃包子了，因为比起这，我让她"大跌眼镜"的事情实在是太多了，她最不解的就是我为什么敢在朋友圈和微博上爆粗口。

她曾经很严肃地质问我："是什么让你有勇气在众人面前说脏话的？"

我说："是这个社会的诟病。"

以前我天不怕地不怕，不是因为无知，也不是因为我有多牛，主要是因为我从不做违法乱纪的事情，所以我不怕任何权贵，我相信会有法律保护平民百姓的安全，也相信只有知识才能改变命运。但当权力压制法律的时候，当我无论如何努力都无法改变命运的时候，我害怕了，我怕法律不能秉持正义，我怕医疗不能尊重人的生命，我怕教育不能达到公平。当然，我害怕的还不止这些……

我觉得当一个人情绪达到了一定程度，说句脏话并不是什么大的问题，关键看你因为什么说脏话，骂的是谁，该不该骂。我是个疾恶如仇的人，别人骂我倒无所谓，如果骂我的家人，侮辱我的朋友，我一定会选择回击；当看到社会上的不良现象，如果触动了我的道德底线，即使事情与我无关，我也会骂人，而且是狠狠地骂，指名道姓地骂，我最不惧怕的就是与人为敌；如果有人侮辱我的国家，试图分裂祖国的统一，我会毫不客气地咒骂，如果条件允许，我动手打人也是没问题的。

我觉得这才是一个文人该有的骨气。

文人的骨气，不仅要书写这个时代，必要的时候更要有舍生取义的勇气，因为我始终觉得，革命是要流血的。在战争年代，那些为了自由上战场杀敌的人永远比在教堂祷告、在广场放鸽子的人更有价值。文人的骨气，不是面对风口浪尖时选择明哲保身，不是对热点事件冷眼旁观，而是敢于诉说社会的诟病，敢于直指问题的要害，哪怕最后声名狼藉也不惜为正义赴汤蹈火。

有一次，朋友对我说："第一次看到你在微博说脏话时，我觉得你有病。后来发现,你才是正常人。你所有敢爆粗口的动态我都会赞一下,我没那个勇气,但是我越来越欣赏这种行为了。很多时候,我都想做一个像你这样真实的人。"

我说:"每个人都有自己的生活方式,你的生活方式我觉得很好,也很羡慕,但我一点儿也不想学。"

我们在不同的时间里,各自经历着不同的故事,因此,各自拥有不同的状态,我体会不到你的忧愁,同样,你也体会不到我的烦恼。

很多人给我发信息旁敲侧击地对我说,怎么现在的我什么都敢写,那些难以启齿的话题,重口味的词语都敢写在文章里。其实我以前写文章就这样,只是不敢发表而已,生命里最大的突破之一,就是我不再为别人对我的看法而担忧。以前我很在意别人评价我的话,我会把骂我的评论删掉,把"道不同不相为谋的人"拉黑,而现在不会了,我可以接受不同的意见,正面对待是是非非,能自由地去做我认为对自己最好的事,说我想说的话,以及发我想发的自拍。

其实,只有在我们不需要外来的赞许时,才会变得自由。

我的作家朋友对我说:"我越来越不知道该爱你还是该讨厌你了,有时你理智得像个成熟的大人,世事洞明;有时你天真得像个长不大的孩子,玩世不恭。"

我说:"我是水瓶座,又是 AB 血型,命中注定是一个双重性格的人吧。"

她在读者面前始终保持人生的光彩艳丽,她的粉丝也都拿她当励志女神,以她为榜样,勇往直前地朝他们信仰的方向前进。一个人如果失去了自己,却能改变很多人对生活的态度,我不知道这样的事情是对是错,是好是坏,是该开心还是该悲哀。

  只是在临别时,她突然转过身拥抱了我一下,然后趴在我的耳边对我说:"其实有时特别想要一个拥抱。"

  我说:"我懂。"

我们是一辈子的朋友，那就让拥抱更用力一些

倘若时间允许，倘若环境允许，倘若我们不负天意；
那么，我愿在寂静的午后，寻一段时光；
在古香典雅的茶舍里，
为你冲上一壶香茗或是斟上一杯口感醇厚的红酒，
然后在黑白相间的钢琴前，
奏上一曲永恒的旋律。

还记得小玉在五年前写下的这段文字，那时我23岁，与小玉相识于北京，一见如故。我们都在最好的年纪里遇见彼此，笑容中隐藏不住青春该有的风华正茂。

除了用"一见如故"这个词，我不知道该用什么词语来

形容与小玉的相识。那时的我不懂多少人情世故,不知何为后会无期,就连广东到北京的距离也没有一个确切的概念。

一切的相遇与离别都只会随着时间的推移而自然流逝,缘深缘浅全凭感觉。

直到看到小玉在离别后写下的文字,我才思绪万千,坐在电脑前望向窗外,突然感到什么是白茫茫一片大地真干净。

小玉在离别后写道:

通过"80后"诗人城子,认识了左小祺。

和我弟弟一般大小,T恤,牛仔裤,球鞋,外搭格子衬衣,简单大方整洁,这貌似是我看见他除工作装之外唯一的着装。

他谦虚,腼腆,冷静,成熟。他的笑容真诚,坦然,阳光帅气的脸上偶尔会挂着羞涩,时常也会来点小捣乱。

至此,我不知道他的真正身份以及他的工作生活状态。但是,这并不影响我们之间的姐弟情谊。

很感谢他,开了三个小时的车,带我去见了他小时的偶像大冰,让我此行有了更大的收获。

或许我存留在小玉脑海里的样子还是23岁时,五年未见后的久别重逢,小玉对我说的第一句话竟然是:"你怎么变得这么沧桑了?"

近段时间北京可谓阳光充足,而我又是敏感皮肤,每天下午四点都会约着朋友在篮球场上切磋球技,顶着大太阳长期如此,皮肤自然变得又黑又粗糙。

小玉看着我说:"把你的地址给我,回头我给你寄几盒面膜。"

我说:"不用不用。"接着把地址从微信上发给了小玉。

在朋友面前,我总是表现得没皮没脸,也只有在朋友面前,我才会如此。因为当我确信对方是我的朋友时,我才能敞开心扉做自己,朋友就是那个看穿你所有不为人知的一面后还愿意对你好的人。

有一种人,哪怕一辈子不联系,提起他,我也会确认,那是我的朋友。

小玉就是这样的朋友。我们五年未见,但彼此的感情不会减少。五年期间,我们很少联系,但始终未忘记彼此。

友情最可贵的不是一同走过的岁月,友情最难得的是分别后依然会时时想起对方。

她是广东人,住在深圳,曾几次邀请我去她的故乡,但因为时间与路途的原因,我却从没如她的愿。

第一次见小玉的时候,她打扮得很时尚,加上白净的皮肤,天然地就给人留下很好的印象。

我带小玉去参加了大冰的分享会,那天大冰分享的主题如今想来很是应景。就像小玉在日志中写的那样:记得大冰对小祺说,天生天养,有缘巧合就是缘分。是的,巧合就是缘分,缘于这些巧合,我便更透彻地领悟了什么是一见如故,什么是相见恨晚。

后来我才知道，相见恨晚并非最糟糕的事情，有缘无分才是。

就像我们再次分别时，小玉拥抱着我说："真没想到，再次离别竟然和上一次是一样的心情。"

如今的我，懂得了更多的人情世故，知道了什么是后会无期，也清晰地明白广东与北京的距离与文化差异，但从不曾想过，五年之后的久别重逢，我们依旧像当初一样依依不舍。原来，这个世界上还有一样东西，无论经过多少岁月蹉跎，都改变不了它最初的感觉，因为那种情愫叫永恒。

离别时，我没有说下次还会再见之类的话，因为我知道，我们是一辈子的朋友，那就让拥抱更用力一些。

2013年的一次遇见

走你想走的路，做你想做的事，去你想去的地方，见你想见的人。

在无所事事并对现实力不从心的时候，我总是喜欢到一个陌生的地方走走。虽然旅行并不是治愈伤口的灵丹妙药，但对于一个喜欢遐想的人而言，多一些行动或许可以减少一些疲惫。

前段时间，我在网上公开发表了一条状态：想出去走走，有没有管吃管住的地方？之后收到了一些朋友的邀请，包括一些老朋友和一些网上认识却未曾谋面的朋友。随着网络的发展，我也习惯了在网上结识朋友。志同道合又真诚惜缘的朋友虽占少数，但也真实存在，让人感到自然舒适。

由于工作的原因，迟迟脱不开身，越出不了门，对门外的世界就越是充满幻想。未曾谋面但神交已久的网友赵春萍姐姐对我说："小祺，你什么时候来我这里我就什么时候请假陪你去玩，管吃管住，这个约定永远在保质期内。"她是河南人，有个爱她的老公，并有一儿一女，一个叫"依"，一个叫"然"，因此她的网名叫幸福依然。我称呼她和她老公为：依然夫妻。很久之前我们就互加了好友，她会看我的诗，偶尔也会给我讲述她的爱情故事。

当我决定去河南的时候，她问我想去哪儿，我说想去少林寺和龙门石窟。

当时我并不知道这两地之间的距离有多远，赵春萍姐姐为了满足我的心愿，毫不犹豫地一口答应了，并与老公一起为我计划好了旅行的时间与线路。

龙门石窟是我在初中时知道的一个地方，少林寺是我在幼儿园时期就非常向往的一个地方，当时看了李连杰主演的电影《少林寺》，勾起了我的功夫梦，一度梦想着出家当和尚。

记得一年级的时候，老师问同学们长大的梦想是什么。当时吹牛不用打草稿，同学们一个个站起来说：我想当科学家，我想当文学家，我想当画家、数学家、政治家……一个个"家"喷涌而出，到我回答时，我站起来义正词严地答道："老师，我想出家，当和尚。"当时引起了哄堂大笑。现在，他们好多人实现了自己儿时的梦想，娶了媳妇，真的成"家"了，而我"出家"的梦想没有成为现实，想想不禁满心欣慰。

临行时，赵春萍姐姐对我说："祝你在火车上能有一段美丽的艳遇。"

我何尝不想拥有一段美丽的艳遇，只是这个时代越来越不浪漫，一件好的事情说多了就容易变成一件坏事，一件坏事说多了也可能会变成一件好事。艳遇本是代表怦然心动的偶然相遇，然而如今被人当成一夜情的代名词，着实让人苦恼。

艳遇倒是没有，不过碰到了一个大方的姑娘。

这次旅行，由于是临时决定，所以没有买到坐票，只能从北京一路站7个小时到达河南郑州，没想到的是，像我一样买站票的人居然很多，我在车厢内竟怎么也找不到一个可以舒适盘腿坐在地上的空间，最后只能被人群挤在靠近厕所的角落里。

一路颠簸劳累加上没事可做，我感到特别孤单。旁边一个可爱的妹子不时拿着手机在语音聊天，而我的是水货手机，只能在我把手机举得高高的情况下捕捉些信号来发送信息打发无聊的时间。旅途行至3个小时左右时，真是屋漏又遇连夜雨，我的肚子开始不争气地饿出了小鸟。旁边妹子脚下的一大包零食，瞬间把我馋出了口水，越看越饿，越饿越想吃，越想吃就越看，一系列的连锁反应让人难堪无助。

小时候妈妈对我说，不要吃陌生人的东西，可是我心想，现在我不是长大了嘛，最终还是没有顶住小鸟的欢笑，鼓起勇气拍了拍妹子的肩膀，弱弱地说了句："我可以吃你个蛋黄派吗？"

妹子特别大方，说："可以可以，吃吧，随便吃，想吃什么你就拿什么。"边说边解开塑料袋给我拿吃的。

我说："我吃个蛋黄派就好了。"结果，火腿肠、饼干、面包我吃了个遍，吃完还喝了瓶营养快线……

我们聊了一会儿，得知她的名字叫刘一笑，不知是命中注定还是机缘巧合，这个开朗大方的女孩真的会博人一笑。因为她的大方开朗，因为她的可爱笑容，也因为她的慷慨相赠，我免受饥饿之苦，我真心希望她在人际交往之中会做到博自己与他人一笑。她的名字让我想起了"一笑泯恩仇"这个词。不知从什么时候起，我特别喜欢"一笑泯恩仇"的状态，不管曾经如何水火不容，能做到一笑泯恩仇的人，不仅有大度的胸怀，而且经历了超凡的人生之后看淡了生活的悲苦而实现了与自己的和解。

我希望自己也能早日与自己和解。

人与人之间，有种机缘巧合特别奇妙。一笑问我可以加你个好友吗？我把我的QQ号告诉了她，当我接受她的好友请求后，收到一条信息服务消息，上面写着：您的好友人数已达到上限。不管算不算艳遇，老天留给我最后一个QQ好友的名额，在那一瞬间，我不觉莞尔。

当然，从那次分别后，我们至今再也没有遇到过。

一路颠簸，终于到达郑州，我随着人群走出车站。突然一个老大妈领着一个十几岁的女孩走到我面前："先生，这个姑娘坐车缺3元，你能帮一下吗？"

我拿出3元给她之后便继续往前走，可没走几步，又出现一个向我要3元的男人，我才知道刚才被骗了。

每个城市的车站都会存在一些乞讨行骗的人，我在好多城市的车站都曾遇到过此类人群，我无法改变，只能避而远之。

我说："不好意思，我没零钱。"看那人不走，我接着说：

"我整的也没有。"然后绕过他继续走。

没走几步,两个很漂亮的姑娘挡住我说:"哥哥,我们坐车缺 3 元,你能帮我们一下吗?"

我说:"你们俩长这么漂亮也缺 3 元呀,你们应该缺 300 元。"

然后绕过她们继续走,看到一群黑车司机正在拉客,他们会追着你问去哪儿。还有好多大叔大妈,甚至还有老太太追着我说:"帅哥,休息吗?去宾馆休息一会吧,给你找个姑娘陪你休息一会怎么样?"

对于这群人,我不敢搭话,只能尽量绕着他们走,可他们就像隐蔽在山林里的士兵一样密集,不管你往哪绕行都会碰到这种人来搞突然袭击。于是当他们走到我面前还没开口时我便先对他们快速说:"叔叔阿姨去哪儿啊?打个车吧。"他们便绕开我去寻找自己的目标了。

我买了去往登封的车票,坐在车上,把疲惫的身子靠在椅背上,闭上眼突然感觉,有一个依靠是多么幸福的事情。那种幸福,就像初恋。

在登封,终于见到了赵春萍姐姐,她与老公一起到车站接我。在经历了一路的颠簸劳累之后,看到依然夫妻的那一瞬间,像是迷途的孩子终于找到了回家的路,又像是拜访了许久未见的亲人一样,心中的不快瞬间烟消云散。

不知道是因为赵春萍姐姐热情爽朗的态度还是我没心没肺的性格,第一次见面,竟没有让我感到陌生。

我们为什么会相识?为什么会相遇?又为什么会相知?我

们都不知道。是因为我们曾在同一本书中发表过文章？还是因为她曾喜欢过我写的诗歌？似乎这些都不是正确的答案。

泰安电视台主持人李传泰老师曾经对我说过，人这一辈子，见到谁都是命中注定的，如果始终还没见到，那这一生也就还没过完。我相信这种缘分，相信人与人之间那种玄妙的思维碰撞，如果方向一致，两个命中注定要结伴同行的人是不会擦肩而过的。

依然夫妻带我去了我向往已久的少林寺。曾魂牵梦绕的神圣地方，如今，终于真正出现在我面前了。走在少林寺里面，我不忍甩掉鞋上的一丝泥土。我曾学过跆拳道，学过双节棍，练过散打，但对少林功夫的钟爱丝毫未减。我们一起观看了少林武僧的功夫表演，当时我突然有一个很奇怪的想法，如果今后我有两个儿子，一定要送一个来少林寺，让他代我把今生不能参透的禅武智慧融会贯通，将来成为一个看透世事的得道高僧。当然，这个想法随即便被我自己推翻了，我自己的人生尚未过好，怎可干涉他人的人生呢？

如今，我在面对生活中那些如履薄冰的困境时，少林禅武智慧总能让我躁动的心安静下来。前段时间想来少林寺的原因无非是受到了外界的压力、诱惑，使我心神不宁、私欲膨胀，不知道如何是好。

人最痛苦的是得不到自己想要的东西，得到后轻易放弃了，却发现它对自己是何其珍贵。何必把徒有其表的东西看得过重呢？那些别人眼中好的东西对于你来说就真的好吗？那些约定俗成的正确路线就真的适合你的成长吗？

鹪鹩巢林，不过一枝；偃鼠饮河，不过满腹。总有一天我们会顿悟，原来沧海改易，桑田变迁，我们真正需要的只是一段适宜又有意义的生活而已。没有天，没有地，没有酒，没有伤。什么都没有，也许这才是世界的本质。"本来无一物，何处惹尘埃。"

《伊索寓言》中讲：100只鸟有101种落地方式。我们何必要100个人去寻1种落地方式呢？刘德华潜心修炼，出演了《新少林寺》；孟庭苇也在红遍全国时看破红尘，遁入佛门；就连一直放荡不羁的大冰也在30岁后内观己心皈依禅宗临济。我最喜欢的三位偶像都以各自的方式亲近佛祖，不知道还有多少人会在繁杂世俗中寻到属于自己的信仰。我不信佛，也不信耶稣，但是谈起佛与《圣经》，我总是十分虔诚，因为我知道，那里面的人都很厉害。

在少林寺我还看了千年古树，少林历代高僧安歇的塔林，电影《少林寺》中李连杰练武蹬腿踩出深坑的地砖……这是一段奇妙的旅程，我们一起观仰，一起聆听，一起拜佛，一起祈祷……因为内心虔诚，每一处风景都是触手可及的智慧，让我忘记了悲伤，也忘记了徒劳。

离开少林寺的途中，我们偶遇了一位外国老和尚，他的笑容慈祥，态度温和，我们一起拍了张照片留念。

那是2013年的一次旅行，距今已经过去十余年，可每次想起，都记忆犹新。

老子说要复归于婴儿，就是要修复所有的伤，回归到与天地合一的境界；孔子说自己70岁以后随心所欲，不逾矩，他老人家应该是与自己和解了；佛陀说要破除我执，就是要打破惯性，重新认识自己和世界的关系。

我不知道如今的自己是不是找到了与这个世界和解的方式，比起十年前，我更专注于自己的工作，对这个社会保持着警觉和清醒，准备好应对任何可能发生的状况，而又以不变应万变。

长期如此，我少了很多矫揉造作，多了几分恬然自得，人也变得开心了很多。

很感谢2013年的那次旅行，虽然它不一定是我生活状态改变的根本因素，但我依然喜欢把它归功于那次旅行，因为这十年间，我再也没有过同样的经历，它值得我怀念。

她的笑容，与你很像

我在长安街，不小心撞了一个女孩的肩，她的笑容，与你很像。

多少个春夏，林峰喜欢在雨中漫步。

他说那是种可遇不可求的感觉，而那种感觉是我永远也不会懂的思念。

我奇怪的是他一直在刻意寻找他所谓的思念。

那年，南京的江宁区下了一场大雨，林峰抱着书压低了帽檐在回家的路上跑着，不小心撞倒了正在路边漫步的你。林峰这才意识到自己一路只顾奔跑根本没有看清前方的路面。当发现你时，你已经爬起身子坐在了路上，脸上没有任何表情。

林峰过去问："你没事吧？"你突然抽搐起来，混着雨水，也分辨不出你脸上流的是雨水还是泪水。当时林峰被吓坏了，扶起你就往附近的医院跑。

医生说："什么伤都没有，但你们还是拿点感冒药吧，这么大的雨，你俩不怕感冒呀？"林峰这才意识到身子有点凉意，不禁打了个寒战。

林峰连说："拿点感冒药，拿点感冒药，拿两份。"当林峰准备付钱的时候才发现，当时的口袋竟然像刚被雨水洗过的脸一样干净，尴尬之际还是你从口袋掏出一叠被雨水打湿的纸币。

林峰说这钱应该他出，于是留了你的手机号以便还钱给你。你说不必了，但还是把手机号给了林峰。

第二天林峰感冒了，打了两天吊针才好。

后来林峰对我说："那么大的雨，怎么会有人在路上漫步呀，也不打伞。而且像个孩子，摔倒后就哭个不停。"

可当林峰找到你，要把几十元药费还给你的时候，你告诉他，那天是你失恋的日子，男朋友劈腿了，对方是自己的闺蜜。那天你脑子昏昏沉沉，就想在雨中清醒一下，任暴雨肆无忌惮地滴落在自己脸上。庆幸的是，那天你居然没有感冒。

或许是上天的眷顾，也或许是命运的戏弄，老天总喜欢和我们开些不大不小的玩笑。

后来，当你们第一次牵手站在我面前时，林峰向你介绍："这是我的好朋友左小祺。"然后对着我说："小祺，这是我女朋友。"

你和我握手致意，露出甜美的微笑。

看得出来，你已经从前男友劈腿的痛苦中解脱出来了，没有林峰描述中的那样悲痛欲绝了。或许是你有了林峰的缘故，那笑容清纯甜美，一直印在我的脑海里……

后来，自从你到乌克兰留学之后，林峰的笑容就明显少了许多。但我发现，每当下雨的时候，林峰都会到雨里去漫步。有几次雨特别大，我生怕他感冒去劝他回来，他都拒绝了，就连我拿雨伞给他，他也拒绝了。

我问他："你要做什么呀？"

他说："我在寻找一种感觉。"

我问："什么感觉？"

他说："那种感觉是你永远也不会懂的思念。"

我在劝阻无效的情况下，就再也没有阻止过他了，他依旧在每一个雨天去路上漫步。所以他经常因为淋雨而感冒发烧，发烧后还经常说些莫名其妙的话："那种感觉真的是可遇而不可求。"

之后的之后，当我离开南京时，正赶上下雨，林峰去送我的途中把你们的故事讲给我听，最后他对我说："只有在雨中才能感觉到你的存在。"

听完之后我就忆起了你的笑容，突然感觉你那笑容倾国倾城，要不然，林峰怎么会如此在意有你的那个雨季？我似乎突然明白了"一滴泪落下来，整座城市开始沦陷"是一种什么样的境遇了。

三年之后，我在北京收到了林峰的信件，里面有一张你们两人的合影，还有一行字：小祺，我们订婚了，祝福我们吧。

在快节奏的北京，我学会了快步行走。我不知道如今林峰是否还会在雨中漫步，但我渐渐地喜欢上了跑步。有一天傍晚，我沿着长安街，戴着耳机在路上漫无目的地跑着，在一个街道路口,刚跑过就要变成红灯的人行道时,不小心撞到一个女孩的肩,在我说对不起之后,她的笑容,与你很像。

当时的脑海里瞬间布满了你那倾国倾城的笑容,我不知哪里来的勇气,在跑出十几米后掉头跑了回去……

那种偶遇,让我想起了林峰曾对我说过的一句话。

他说,不敢确定那是否就是幸福,萍水相逢的某年某月,江宁的雨斜打在你们身上。

最好的感情一定是无声的、沉默的告白

你身边一定有这样一种人，沉默寡言，不爱说话，就连吵架都懒得多说几句顶嘴的话，似乎沉默便是他最擅长的事情了。

我就是一个喜欢沉默的人，尤其在陌生人或不熟悉的人面前，想开口说话，却又不知道聊什么话题而难于启齿。因此，经常有朋友对我说："你是不是不喜欢说话？"

其实我挺喜欢说话的，尤其在熟人或志同道合的朋友面前，总是滔滔不绝。就连我那个巧舌如簧的兄弟周大仙，在斗嘴方面也很难赢我。然而，我不得不承认的是，很多时候我确实不怎么说话，或是不想开口说话，又或是不知道如何开口说话。

我很喜欢的一种感觉就是默默陪伴并不觉得尴尬，无论是友情还是爱情。

我不知道自己是从什么时候开始喜欢上这种感觉的。后来，在高晓松的《晓松奇谈》中看到一种说法，诗人都是沉默的，话多的人当不了诗人。或许就是从十年前开始的吧。那个时候我疯狂地迷恋上了诗歌，一连写了几年诗歌，经常与当时的青州作协副主席高原有诗书往来。我清楚地记得，那时，无论在哪里，无论做什么事情，我满脑子都是天马行空的想法，我的脑海里，思绪如火山爆发一样，但我的表面却如死水一样平静。很多时候，我想把自己奇奇怪怪的想法说给别人听，但刚想张嘴，却又不知道该如何谈起，于是只能任我想说的话雨打风吹去，化作一首首少有人问津的诗歌。

现在虽然很少写诗了，但喜欢沉默的习惯保留了下来。

一个人对言辞理解的深度取决于他对沉默理解的深度，归根结底取决于他的沉默亦即他的灵魂的深度。我很认同这句话，就像比利时剧作家、诺贝尔文学奖获得者莫里斯·梅特林克说的一样：沉默的性质揭示了一个人的灵魂的性质。

我有几个非常贴心的朋友，在一起的感觉非常舒服，因为他们能读懂我的沉默。很多时候我们虽在一起，但各自忙碌，即便一句话不说也不会觉得尴尬。谁都不用为了照顾彼此的感受而刻意寻找话题，因为抬眼就能看到彼此，既有相互陪伴的安全感，又有心有灵犀的默契感。这种感觉，只有真正的朋友才会懂。如果仅凭言语才能读懂对方，那交情实在太浅了。纪伯伦曾经说过一句话：只能听懂语言而不能读懂沉默的人，是被声音堵住了耳朵的聋子。在不能共享沉默的两个人之间，任何言辞都无法使他们的灵魂进行沟通。没有灵魂沟通的两个人，怎么能算是知己好友呢？

如今这个世界，找个陪你欢呼的人太容易了，愿意陪你一起沉默的人却很少。大多时候，欢呼过后仅剩疲惫，沉默背后却是另一片世界。

爱情也是如此，最好的感情一定是无声的，那些信誓旦旦地对天发誓要生死相依的人，那些对着全世界高呼要一生一世的情侣，并不见得之后的感情真的如誓言一般坚挺，或许承诺只是代表没把握，很有可能当语言达到顶点后便会发生转折，更有甚者恶语相向，当初说得有多天花乱坠后来就有多痛心疾首，爱也就变成了恨。

在这个繁杂的世界里，默默陪伴便已足矣。陪伴就是，你需不需要我，我都在。虽然没有山盟海誓，但陪伴便是最长情的告白。

《傲慢与偏见》中有句话让我很感动：要是爱你爱得少些，话就可以说得多些了。可见，最好的感情是不需要太多言语的，心有灵犀一点通，哪怕是眼神交流，都会感受到对方浓浓的爱意。这种默契，是任何花言巧语都无法相比的。

无论是友情还是爱情，如果你们在一起即使沉默也不觉得尴尬，那恭喜你们，你们已经走入了彼此的心中。

真正的朋友是并不时常想起,却无处不在

微信里经常有人火急火燎地问我:"在吗?在吗?"

还没等我回消息,就是一连串的问号发过来了,像是有火烧眉毛的事情要告诉我一样。可是当我回复他"在"的时候,对方突然没了动静。

有时我真怀疑他是不是在给我发信息的时候突然发生了意外,可没过几天,他又诈尸一般地问我:"在吗?在吗?"语气还是一样的急切,等我回复他信息的时候,他说:"哦,没事了。"留我一个人在屏幕前陷入蒙圈的状态。

还有一种人,一发微信就是 60 秒的语音,甚至普通话还没有我说得标准,仔细听了半天才听明白,原来就想表达:"我很喜欢你的文字,能否帮我写一篇文案。"

后来我试着不回复那些问"在吗"的信息，也不听超过30秒的语音，生活果真变得轻松了很多。但也得到了个别人更为可怕的评价，甚至有人还道德绑架我："你不回消息就是不尊重人，懂不懂礼貌，有没有道德。"

我说："不好意思，我真的很忙。"

然后他会说："我就不信你忙得连回复一句信息的时间都没有！"

可是我在想，我有什么义务要回复每个人的信息呢？

还有些人说："我知道你忙，我就耽误你五分钟时间，你帮我看看这篇文章哪里有需要修改的地方，我这篇文章写得很好，看完肯定会给你带来很大的启发。"

拜托，先不说我五分钟能否读完一篇文章，如果每个微信好友都占用我五分钟时间，恐怕我连吃饭的时间都没有了。

有人问："难道你和朋友也不时常联系吗？"

我还真不是一个喜欢用微信和电话联络感情的人，因为我相信，隔着屏幕产生的感情，来得快去得也快。我经常和我的朋友联系，但我指的联系是在一起面对面交流。我们坐在一起喝茶聊天、畅谈人生，偷得浮生半日闲。那样的感觉对我来说是真实的，我的眼睛可以看到他的眼睛，他的眼睛可以看到我的神情，而不是隔着屏幕去猜对方的面部表情与喜怒哀乐。

其实，真正的朋友与你交往时是不会存在这样的问题的，更不会质问你。我们之所以喜欢和朋友在一起，就是因为与朋友在一起的时候感觉很舒服，不是吗？

他懂得与你聊天和接触时的分寸，只有恋人才会死缠烂打，想要如漆似胶地缠着你，甚至包括父母，一天没有你的消息就会担心你，挂念你。除此之外，剩下的就是那些不熟悉的人，只有他们才会质问你："你为什么不回我信息？你拿不拿我当朋友？难道你连回条信息的时间都没有吗？"

这样的质问本身就很奇怪，像是我天生就有回你信息的义务一样。我能不能有做自己的权利？能不能有不看手机的权利？如果能，那么请不要剥夺它们。

我每天都要拿出几个小时来看书、写文章，在忙完这些事情的时候，是有一些空闲的时间，难道我就不能利用这些空闲的时间听听歌，发发呆，做点自己喜欢的事情？有些人每天会用几个小时来玩手机，在他们的价值观里似乎所有人都如他们一般离不开手机，别人不回他们信息就是自己被轻视了，别人不回复他们的评论就是不尊重他们。

姜思达在《奇葩说》中讲："有的时候你知道吗，我忙，我没法回你信息。我不忙，我更没法回你信息，我就想不忙，我就想闲，你别问我回一条信息有多简单，能费你什么事儿。我知道不费什么事儿，（但是，）我也嫌那么一点都费事，因为就我自己这段时间，我不想被他们（的）任何事情打扰，我就想和自己聊聊天。我们时刻保持联系，最大的危害是我们难以时刻和自己保持联系，所以如果以后再有人问大家一句，在吗，你就回他一句，不在。"

人生本就那么累了，何必让不理解你的人浪费你的时间。我觉得姜思达说得很对，在这个越来越忙的时代，多留点时间给自己，不必理会那些无故浪费你时间的人。因此，我觉得，现在人和人最基本的尊重就是将60秒的语音变成文字，有事就直接说事，不要一个劲儿地追问在吗，在吗。你不说什么事别人怎么好确定在不在呢？如果找人帮忙就拿出找人帮忙的态度，不要得了便宜还卖乖，小把戏早晚会有被识破的时候，千万不要侮辱别人的智商。

最后，我想说的是，朋友是交心的，不是利用的，不是靠拉拢的，也不是需要时刻联系的，因为真正的朋友是并不时常想起，却无处不在的。

最后的最后，发一下我与好朋友周大仙的聊天记录。

大仙："在吗？"

小祺："在。"

大仙："借我500元可以吗？"

小祺："你刚才说什么？"

大仙："借我500元可以吗？"

小祺："不是这句，上一句。"

大仙："在吗？"

小祺："不在！"

听自己的歌，走自己的路

我把自己喜欢的歌放进手机音乐里，很多年过去了，依然没有改变。

如今在这个歌手如云的时代，似乎每天都会有新歌出现，很多散发着荷尔蒙的歌曲畅行在流行音乐榜中，鱼龙混杂，不几天就下线了的情况总在人的预料之中。

有人听完了周杰伦的歌开始听许嵩的歌，而我一直在听孟庭苇、刘德华的歌。

很多人说他们的歌已经过时了。难道经典也会过时？那我只能说，我就是喜欢，没有办法。经典就是可以存在很长很长的时间，我还没有度过很长很长的时间，所以我依旧情有独钟。弱水三千，只取一瓢饮，老歌就是我最甘美的那一饮。

单位比我大20岁的李姐拿着我的手机玩，突然对我说："左小祺，咱俩的口味差不多呀。"然后打开蓝牙，把我手机里的歌曲点了全选传到了她的手机里。

我是个怀旧的孩子，我是听着孟庭苇、刘德华、许巍的音乐长大的，所以我的手机里一直有他们的歌。怀旧不是因为那个时代多么美好，而是因为那个时代，我曾走过。

他们的歌，总会让我想起很多故事、很多人。那些阔别经年的朋友，都在清秀婉约的旋律中逐渐明朗起来。

后来，自从认识了大冰，我便喜欢上了民谣，从未想过有什么歌曲能改变我对新歌的偏见，虽有时也会听新歌，但大多数新歌在我的手机里活不过一周。原来觉得很新奇的歌曲，现在听起来似乎平淡无味了。但是民谣能让人陷入说不清道不明的思绪中，这思绪是散乱而漂浮的，又是幽深而莫测的。

于是我的手机里多了大冰、王博、赵雷、路平、大军、小倩……

大冰是我认识的活得最快乐的人。我认为这世上只有一种成功，那就是以自己喜欢的方式过一生。有些明星成名后想的是要更红，有的人有了钱后想的是要更有钱，所以他们大多为名利金钱所累。而大冰不同，十年前就放弃了进中央电视台飞黄腾达的机会而选择四处流浪过自己喜欢的生活，用自己卖唱挣的钱开了酒吧，并定了一个史无前例的酒吧规矩：凡是民谣歌手、流浪歌手到他的酒吧来随便喝、随便吃、免费住，而且临走奉送路费。所以他的歌总是集聚了别人没有的随性和超越人生的沧桑，了解他的故事后再听他的歌是一种穿越时空后自然自在的享受。

我喜欢着自己喜欢的歌曲，就像我喜欢着自己所向往的人生。

生命如风,人生如歌。

总有一种旋律让你矢志不渝,演变成属于你的经典,总有一个过往让你无法忘记,用信仰的态度指引你为此虔诚付出。我们需要一种属于自己的格调,哪怕世人不屑,我们依旧情有独钟,然后听自己喜欢的歌,走自己的路,写自己的文字,选择自己的人生,过自己想要的生活。

在必须做的事情当中找到一个热爱它的理由

有一次和兄弟张哥一块跑步时,他告诉我,他交了个女朋友。

看到他得意的表情,我知道他一定很喜欢那个女孩。

前两天,朋友送我几箱产自珠峰的矿泉水,据说是目前中国市场上售价最高的水之一,我拿了两瓶,准备和张哥跑步时一人喝一瓶。等我们跑完步之后,我的水已经喝没了,张哥的水竟然还握在手里没有拧开。

第二天跑步时他对我讲,那瓶矿泉水他没舍得喝,送给他女朋友了。

我听后心里莫名地感动。

我们每天都会围着大院跑三圈，大概有三四千米，边跑边讲一些最近的新鲜事，有时也会一句话不讲，就沉默着并肩跑步。那种状态是我喜欢的，可以在劳累的时候想一些让自己开心的事情，也可以把自己幻想成超级战士，在遇到石墩的时候，我会加快速度从石墩上面飞过去或踩在石墩上面跃过去，就像是动作片中的男主角耍酷时的样子。

这时张哥会在我身后说："好功夫。"

没几天，他也被我带着喜欢从石墩上面跃过去的感觉了。

张哥说："小祺，还是和你一块跑步有意思。"

有时跑着跑着，我会变换着各种动作进行尝试，蹦着跑、跳着跑、小步跑、大步跑、侧着跑甚至是倒着跑。我是一个喜欢打破常规尝试各种不同体验的人，并不是因为我有多特立独行，而是在一些必须做和让人感到痛苦的事情中，我喜欢找到一个乐趣。因为一件事情只有当你从中找到乐趣的时候，你才会喜欢去做，并且不再觉得有多辛苦。

如果我跑步仅仅是为了减肥的话，那早晚有一天，我会因各种借口而放弃这种让人痛苦的减肥方式，但是如果我跑步是因为觉得它真的是一件好玩的事情，那么我就不用刻意坚持也会长久地跑下去。

我们需要学会一种技能，就是在必须做的事情当中找到一个热爱它的理由。

工作如此，学习如此，跑步亦如此。

我和张哥跑到最后一圈快结束的时候，会来一个一百米比赛，有时我赢，有时他赢，但谁赢谁输都不重要。在这最后的冲刺中，支撑我们的已经不仅是体力了，更多的是体力背后残存的意志力。

一件事情仅仅有趣是不够的，还必须有意义，在有意义的事情当中，意志力是不可或缺的精神支柱。其实，很多事情都是这样。

跑完步之后，我们会去健身房再练一些器械。那时，我们会大声地放音乐，跟着音乐节奏享受运动带来的乐趣。

今天，我在练举重的时候，看到张哥一直抱着手机聊天，边聊边情不自禁地咧开嘴笑。

突然他对我说："我女朋友说让我作首诗，小祺你帮我写一首吧。"

我告诉他，你就这样回复：

当一个人对着屏幕微笑时
如果不是傻了
那一定就是恋爱了

鲜为人知的李敖

（1）

他满腹经纶、傲睨一世、卓尔不群；他独坐书斋、独步文坛、独立抗争；他狂放不羁、锋芒毕露、风流多情；他博闻强识、皓首穷经、纵横捭阖；他以玩世来醒世，用骂世来救世；他用一支笔震撼海峡两岸，他用一张嘴影响无数华人。

他就是——李敖。

这世上只有两样东西能让人千秋万代——思想和爱。而所谓的"思想"，不过是对真理的大爱。

李敖曾说："对我李敖来说，我没有永远的朋友，也没有永远的敌人，只有永远的正义。"他就是一个六亲不认、只认道理的人。不论了解与否，知道李敖的人，都会对他产生两个印象：一个是"厉害"，另一个是"孤傲"。

我是在李敖的书中认识的他。李敖撒手人寰之后没几天，他生前的好友陶冬冬给我打了几个电话，与我诉说了很多李敖生前鲜为人知的故事，也让我对李敖有了更为深刻的认识。原来世人眼中那个狂放不羁的李敖，虽然如此，但还不只如此！

（2）

陶冬冬对我说："我与李敖相识，是由我的好朋友田沁鑫引荐的，当时田沁鑫导演的话剧作品《青蛇》正在台湾拍摄，全剧的视觉设计正是由我来负责的，就在这样的机缘巧合下，有幸与李敖相识。本以为在文坛傲视群雄的李敖会是一个很难接近的人，但相识之后发现，他在生活中谦逊有礼，待人友善，更不曾料到的是，后来我和他竟成为如家人一般亲近的挚友。"

原来，孤傲之态和谦逊之姿是李敖作为一个正常人的两个平衡面，每个人都是一样，他有多突出的孤傲之态，就有多明显的谦逊之姿。

我觉得，这个世界是有经纬度的，不会因为你的忍让而缩水，也不会因为你的强悍而膨胀。李敖懂得游刃有余最好的方式，是内心柔软而有原则，身披铠甲而有温度。

我说："或许他终究是将自己的'傲'用在了文化上，因此在生活之中才更显和蔼可亲吧。"

陶冬冬说："是呀，第一次见面的时候，李敖先生虽已年长，但依旧精神矍铄，思维敏捷，在田沁鑫的介绍下，他说早就对我的画作产生了兴趣。当初我还在考虑，第一次见面，送什么礼物给先生为好呢，没承想，李敖直接开口说送我幅你的画吧。"

鲜为人知的李敖　　139

如此坦诚的李敖,像极了他在我心中一贯快言直语的印象。

陶冬冬继续说:"我明白,要想让谈话深入下去,就要从了解谈话环境和谈话对象开始。我对李敖先生的书房早有耳闻,对他本人更是仰慕已久,尽管他的言论思想非常独特,很多人与他对话都很难顺利进行下去,能按照他的思维意识顺利接话已是很难,达到心有灵犀者更是少之甚微。幸运的是,我们一见如故。因为相聊甚欢,我后来经常受邀到他的书房喝茶聊天。"

据我了解,李敖的书房宽大、雅致、书籍琳琅、排列有序,俨然一个小型图书馆。

于是我故意问:"除了大家都熟知的,李敖的书房有没有特殊之处?"

陶冬冬笑着说:"李敖的书房里最有趣的是,在如此端庄典雅的书房中,竟随处可见悬挂和摆放的色情画报。在世人眼中,这些低俗趣味的东西怎么会进入大雅之堂呢?"

我说:"或许在李敖眼中,书籍与色情画报都是他的最爱,也都应属于高雅之物。"

食色,性也,饮食、男女本就是每个人都离不开的问题。

(3)
但凡学有所成者,多重视深度学习。

尽管在他的前半生中风流韵事不断,但有一个女人,始终是李敖难以释怀的,那就是那个既漂亮又漂泊,既迷人又迷茫,既伤感又性感,既不可理解又不可理喻的前妻胡因梦。

虽然胡因梦与他只有短短115天的婚姻,但被李敖在电视节目里整整调侃、揶揄了70集。

我们知道，对此胡因梦是这样说的："他不断骂我，终究是因为放不下吧。"

感情上的事，谁又能说得清呢？与胡因梦离婚后，没过几年李敖便娶了小自己30岁的女大学生王小屯，从此收心归家，再无绯闻。但他内心还是念念不忘前妻，几十年如一日地在自己的节目中消费着、调侃着就是最好的佐证。

2003年，胡因梦50岁生日时，李敖送去50朵玫瑰，只是为了提醒她，你再美，也已经50岁了。

相比于李敖的不依不饶，胡因梦就显得淡定从容多了。

她曾这样回应道，"多年来，他这样不断地羞辱我，对我，是一个很好的磨炼。只有恨本身才是毁灭者。""人即使拥有再多无知的支持者，终场熄灯时面对的，仍然是孤独的自我以及试图自圆其说的挣扎罢了。"

原来，婚姻教给我们的最重要的一课，竟是：没有人是"注定"在一起的。

陶冬冬说："我曾经问过李敖，你觉得什么样的女人是坏女人？"

李敖随即斩钉截铁地说："胡因梦就是坏女人。"

我哈哈一笑，不知如何回应。如此痛快的一句话，不知是爱是恨，也不知是因爱生恨，还是因恨生爱。世间的所有感情纠葛都是如此，说不清道不明的情绪交织在一起，让人无法分辨爱有几分恨有几分，或许只有李敖本人才更清楚那究竟是爱还是恨。

李敖一生如此，尽管风云变幻，命途多舛，但都没有改变他风流多情、放荡不羁的性格色彩。

樽前作剧莫相笑，我死诸君思此狂。

对于李敖先生的感情生活，我们谁都无权做过多的评论，所有的疑问也终将会雨打风吹去，最后只有闲言碎语者在茶余饭后不断进行无味的反刍。

对于个性十足的李敖，我们唯有尊重！为了社会的进步，他争强好胜，为了做人的骨气，他快意恩仇。他与这个深爱着的世界，彼此纠缠，相爱相杀。人生的每个阶段都高潮迭起，精彩绝伦。

（4）

一切有趣的故事看似曲折离奇，实则都是浑然天成，就像江河最终汇聚成海洋一样，所有的机缘巧合都顺着水的因缘自然而然地发生着……

陶冬冬继续对我说："在我的记忆中，我和李敖先生的密切交往最为深刻的还是那幅被世人津津乐道的水波纹裸体画。"

我疑惑地说："裸体画？"

"对。"陶冬冬说，"他知道我是纽约肖像画廊签约的画家，也看过我画的很多国际名人的肖像。突然有一天，他看似心血来潮但很严肃认真地对我说：'你看我也老了，要不然，你给我画张肖像吧。'"

我问："那为什么最后就变成画裸体画了呢？"

陶冬冬说："无论国内还是国外的名人志士，但凡找我画肖像者，大多是看重我绘画的技巧，而与我并没有太多精神上的交流。但如果给李敖先生画肖像，我觉得不该让画像仅仅浮现在技术的层面，毕竟我们早已成为最信任的挚友，对彼此的精神世界也都了然于心，那就应该突破传统意义上的束缚，画一幅别具一格、空前绝后的画像，如此才可展现李敖一生放荡不羁的性格特色。"

"那是你提出的建议了？"我问。

陶冬冬说："开始我就只是开玩笑一说，画什么肖像呀，直接给你画裸体多有意思啊。没承想，李敖听后特别兴奋地说：'我敢脱，你敢画吗？'我回道：'我敢画，你敢脱吗？'"

两句没有回答的反问，在他们的对话中达成了默契的肯定。

陶冬冬回忆说："记得那天，关于裸体肖像的构思我们聊到很晚，从书房出来，李敖送我到楼下打出租车，在我上车之际，他特意握着我的手说：'这是一件大事，你回去了一定认真地画，尤其是重点部位，别画得太小了，也别画得太短了，也别画得太情色了。'"

说实话，单凭想象我就知道画这样一幅肖像很不容易，既要充分展现李敖桀骜不驯、风流倜傥的神韵，又要符合他现实的要求，还要融入陶冬冬对李敖先生的理解，可谓困难重重。

陶冬冬说："等我回到家之后，进行了反复琢磨，经过不断地尝试与勾勒，才最终确定了画像的大体方向。"

中国古代的色情画像中，其实并非《金瓶梅》中那样直接,如果径直去描绘的话,未免太直观,必定会与色情相牵连。但李敖生性好色又是众人皆知的事情。如何巧妙地避开色情,又能展现李敖风流倜傥的个性,我想,这着实会让陶冬冬煞费一番苦心。

陶冬冬也说:"可不是嘛,思来想去,我觉得,对于颇受争议的李敖,只有选择有些'变态'的行为才更符合他的实质。曾有人建议我在画中加上性感的女人的一条大腿。但后来我想,这条腿该用谁的呢?是用胡因梦的还是王小屯的?思前想后,我觉得都不合适。我不想让外在的事物来喧宾夺主,于是就想出了一个更为'变态'的方式。"

我看过那幅画,陶冬冬所说的更为"变态"的方式就是让李敖裸体站在水中,抱着一只顺滑的小狗,但我不能理解这样创作的意图究竟是什么。

陶冬冬解释说:"很少有人知道,有些人在抚摸野兽皮毛的时候是会产生微妙的生理反应的,所以,我让他在画中抱着一只狗,而那只狗,正是陈文茜在他70岁生日的时候送给他的。李敖先生身上有刀疤,早些年间因做手术而留下的疤痕。他是一个对自己的形象非常在乎的人,我正好可以借助让他抱着一只狗的方式,把他身上的伤疤掩盖住,自然又可展现他的真实形象。最终,所有的细节勾勒完成之后,我选择了让李敖全裸站在苹果树下,把他看作'东方亚当',下半身挺立在水中,朦胧之感让整个画面更显韵味,上半身抱着狗裸露在水面之上,尽显李敖强壮健硕的男人本色。"

作家有作家的思维方式,画家也有画家的思维方式,每一幅创作不仅包含了画家的技艺，也包含着画家的思想。本以为陶冬冬这次终于大功告成了，可现实并非如此简单。

（5）
陶冬冬说："当这幅画创作完成之后，经历了几次波折，为此，李敖还曾前后为我发过三次微博予以纪念。"

我问："发的什么内容？都是在什么情形下发的呢？"

陶冬冬说："李敖当初问我，等画完之后，这个钱怎么算。我说画成之后，我们先展览，之后再去拍卖，卖的钱全归你，我一分不要。可李敖坚持说要分我一半。"

有人说李敖爱钱，但很少人知道，原来他对朋友的真诚与大方更胜一筹。

于是就产生了李敖微博里的这一条：孟子设定要鱼呢？还是要熊掌？他忘了人生有第三种选项：就是画家的别有洞天。在刀口上，画家原形毕露，不恤其他。画家张大千以500两黄金置豪宅前夜，看到同样售价的名画，竟易画而归。画家陶冬冬更绝了，他画了李敖裸像，在两岸展览，使李敖原形毕露，载浮载沉，浮沉后浑忘500两黄金。

陶冬冬对此说："我并非为了钱才为李敖先生作画，而是因为李敖是我值得大胆去尝试的人，与金钱相比，这种尝试更为难得。"

陶冬冬说："其实，初次见到这幅裸体画的李敖，是有一点不满的，原因是他觉得我把他的特殊部位画得不够大，竟直言不讳地对我说：'你怎么能把我的老二画得这么小呢！'"

我是知道的，李敖对自身形象非常在意，尤其在这方面更为重视，就像他在床头摆放一个生殖器来暗示还有比自己厉害的一样。在人的"软肋"面前，我们该做的不应是廉价的同情，而应是充分的尊重。陶冬冬深知这一点，后来他不断地修改，唯求完美。

陶冬冬说："后来发现，对于画中的特殊部位，其实是很难把握的，稍微大一点就感觉有些色情，稍小一点便又不符合李敖的要求。于是，我拿卢浮宫中大卫的雕像向李敖解释，大卫的雕像有五米多高，可是他的生殖器是非常小的。我拿着大卫雕像的图片对李敖说，你看，大卫可是《圣经》中的少年英雄，他的才这么小，你的如果画得太大，你说合适吗？"

没想到，陶冬冬竟然以这个典故说服了李敖。李敖何许人也，与他争论的人有几人能胜？不知是他给陶冬冬几分薄面，还是尊重英雄的因由。我想，后者所占的比例更大一些，因为我宁愿他是一个一生都不会输的人。

李敖先生欣慰地接受自己裸体画中生殖器的大小之后，随即发了条微博：古来有以裸下葬的、有以裸抗议的，无以裸入画的。千载以还，李敖敢裸、陶冬冬敢画，于是艺术飞扬两岸，逍遥乎抽象写实之间。画家的苦恼是不便太写实，太写实比例正确、但视觉不正确，会使参观的人心生歹念，甚至以为李大师是从非洲来投奔中国的。大师啊，只好画小一点，证明你是中国人。

李敖一生投身世俗，却不拘泥于世俗，始终为中国的命运操心。所以，尽管再特立独行，都应符合中国人的人文色彩，哪怕是他的特殊部位。

2014年，北京艺术博览会上，陶冬冬举办了一次个人艺术展，并展出了这幅高2.2米的李敖全裸画。画中李敖高大而结实，裸体站在苹果树下，手中的狐狸狗尽显狐媚之态。这种结合中国文化的情欲交汇营造了浓郁的东方伊甸园氛围，尽显李敖"金刚怒目、菩萨低眉、尼姑思凡"的本性。

这幅作品一经展出便非常引人注意，很多媒体追问关于这幅画的创作意图，陶冬冬说："画中全裸站在苹果树下的李敖是'东方亚当'，不过该画并非李敖当裸模，虽然看过李敖的裸体，但这一幅作品是结合李敖70岁时的一张照片与个人观察完成的。"

李敖的裸体肖像画终于尘埃落定了，陶冬冬和他之间的关系也日渐亲近。

（6）

陶冬冬回忆道："后来有一次，我与李敖一同去谈一个展览的合作，当见到那个展览馆的馆长之后，他悄悄地对我说：'你要注意此人，这人不是好人。'"

陶冬冬接着说："我当初还满不在乎说：'我们都是萍水相逢，怎么可能第一次见面你就知道别人不是好人呢。'"

事实证明，李敖当初说得一点没错，不愧是阅人无数，看人的确有独到之处。

后来，陶冬冬的画在展出之后，竟被展览馆以各种因由扣了很长时间都没能拿回来，他也后悔当初没听李敖的话，但李敖并未对陶冬冬有一点责怪之意，还同陶冬冬一起与对方打起了官司。

祸不单行，不久之后，李敖生了一场病住院了，陶冬冬放下官司的事情，飞往台湾去看他。李敖在治疗期间，竟还一直挂念着陶冬冬的事情，问了陶冬冬很多关于事情的进展情况，并给了陶冬冬很多建议。

就在陶冬冬看望李敖当天，李敖第三次专门为陶冬冬发了条微博：画家是一个怪职业。当他成名以后，恶势力好像豁免了他，放了他一马。从董其昌到齐白石到溥心畬到毕加索，都身逢乱世，却都被网开一面。好友陶冬冬听说我一再生病，飞来看我。我想到冬冬的冬天，忍不住歆羡他的怪职业。画家是真正的遁世者，但总有张"流民图"在暗中啮食着他，他茫然不乐。

陶冬冬在回忆中又想起一件有趣的事情，他说："记得在查出脑癌之前，李敖本以为是腰腿或者骨头出了问题，迈步总踢到地面，他说路不平，其实知道是脚抬不起来。一次我和他散步时，从家出来有条斜坡，李敖手里的水瓶掉了，他下意识去够，随即滚了下去，摔骨折了。'人啊，贪财，跪的时候明明知道这个是斜坡，但还要救自己的财产。我为了自己的一瓶水，摔了个大跟头，人为财死鸟为食亡。'但他告诉我，也不打算改了。"

岁月没有让李敖改变本色。

每次和朋友走在路上，他都会拉住朋友远离高楼，警惕玻璃坠落，皮带上则挂着电击枪（还有相机，手电筒）。"瞬间可以放电把人打倒",他说,"敌人太多,得防身"。对朋友,李敖行侠仗义,照顾有加。陶冬冬说:"他曾帮我出主意,打官司,还会经常带我去购物,凭威望要折扣——虽然我发现商场老杀熟,而李敖似乎并未察觉——对敌人则是一定要'打死'。"

功夫不负有心人,虽然这场官司花费了陶冬冬很多金钱和时间,但在李敖先生的鼎力相助下,最终他还是打赢了,也顺利拿回了他的画作。

李敖经常说一句话:和敌人比什么?比你活得长我就赢了。但后来很少听他提起过这句话。敌人纷纷化作尘土,他也好些年不再作为文化明星出现了。

陶冬冬说:"李敖的把控性很强,他要主动。在我的记忆里,还有一个'李敖国学论坛'的拍摄计划,五百集,找一些美女和李敖聊天。美女提的问题不需要深刻,但要有互动性。他的国学知识那么渊博,如果他这个头脑以后不在了,多可惜!但节目后来没做成,我也感到非常遗憾。当时也有人想投资一两千万找李敖做节目,李敖要求先打钱,但投资人担心李敖出现意外,就僵持在那里。还有平台建议做'李敖二次元',他说,屁啊,什么二次元,老子都听不懂,不要跟我说这些,先把钱拿来,让我干什么就干什么。"

很多人可能会很好奇李敖为什么那么看重钱,李敖告诉朋友,人越老越贪。

他兜里总是揣着十万台币,拿出来就是一大摞。他曾经对陶冬冬说:"冬冬你要记住,现金永远占有优势、占有主动,拿出来就是老子有钱,瞬间就能把对方压垮。"他们出去吃饭，李敖就把钱拿出来，今天我请客啊，老子有钱。

陶冬冬说："我从来不会让他花钱，他就说今天又省钱了。人老了，老婆看不起，大家看不起，因为没能力。但是我不是这样，老子还有这么多钱，还在工作。这些话常常被李敖挂在嘴上，也总念叨：'我的小金库没钱了。'"

《北京法源寺》被改编成话剧，李敖拿到一大笔版权费，一显摆，就被太太拿走了。

让人哭笑不得……

（7）

情义这东西，一见如故容易，难的是来日方长的陪伴。

陶冬冬很深情地说："李敖视我为忘年交，我视李敖为父亲一般的人。不只是因为他与我父亲的年龄相同，更是由于我们在思想交流中心有灵犀、默契一致。众所周知，李敖的颇多行为被批为偏激，不能为世人所接受，常令他感叹知己难求。在这些岁月中，我每年都会去台湾，多则十几次，很多时候，都是特地为李敖飞去的。我们经常打电话叙旧，一聊便是很长时间，能与李敖成为家人般的挚友，我觉得是我人生的幸运。"

或许正是因为他们在艺术领域的追求极为相似，在思想价值方面彼此理解，所以李敖才能对陶冬冬如此亲近，就像张爱玲说的那样，因为懂得，所以慈悲。

但命运的无常是我们谁都无法控制的，尽管我们不愿它发生……

2017年，李敖因为急性肺炎入院，被下了病危通知书。

他的儿子李戡说父亲"在鬼门关前走了一遭",李敖开始接受痛苦的治疗。

得知李敖病危的消息,陶冬冬第一时间赶到了台湾。

李敖需要接受激素的治疗。在激素的作用下,整个人都胖了一圈,相比于原来干练的形象,全身肿胀的他便不愿见朋友了。可见他对自己的形象依旧非常在意,没有人可以嘲笑他,只有他讥讽别人的份儿。因此,李敖卧病在床时不准朋友探望也是意料之中的事。强者永远只想让朋友看见自己强势的面目,一旦弱了,朋友可以接受,倒是自己最难面对。就像一只野兽,受伤之后,会找个山洞躲起来,一边舔舐自己的伤口,一边咬牙坚持。

出人意料又在情理之中的是,李敖见了陶冬冬。

陶冬冬回忆说:"他竟然这样对我说:'从大陆来的朋友,除了你,其余谁都不见。'可见,我在李敖心中的位置,已经远远不止知心朋友这么简单,他已经像家人一样看待我了。"

由于感染了肺炎,他们都戴着口罩与李敖见面,聊了很长时间,包括等他去世后书房如何处理,收藏品如何拍卖等,聊到最后,李敖说:"陶冬冬是我晚年交的唯一值得信赖的朋友。"一句话便让陶冬冬红了双眼,眼泪不停地在眼眶里打转,不仅是感动,更是心疼。后来,李敖说话的声音已经越来越弱,大家都不忍心让他再说下去,只好依依不舍地告别离开。

在探访他之前,他的夫人就对陶冬冬说:"李敖已经不见客人了,但他说非要见你,不过这次相见就不要拍照了,这是他之前的吩咐。"对于这些提醒,陶冬冬当然很是理解。但没想到的是，当他快走出病房时，照看李敖的护士追出来喊住他说，李敖先生想与你合张影，算作最后的留念吧。

"我回到家中，看着与李敖先生的合影时，不禁心生感慨，泪眼婆娑……"陶冬冬说。

李敖病危期间，当被告知只有三年的存活时间后，写了一封亲笔信，后来这封信被广泛传播。信的主要意思包括：我是李敖，今年83岁。年初，我被查出来罹患脑瘤，现在刚做完放射性治疗。我很痛苦，好像地狱离我并不远了。我这一生当中，骂过很多人，伤过很多人；仇敌无数，朋友不多。医生告诉我："你最多还能活三年，有什么想做、想干的，抓紧！"我就想，在这最后的时间里，除了把《李敖大全集》加编41~85本的目标之外，就想和我的家人、友人、仇人再见一面做个告别，你们可以理解成这是我们人生中最后一次会面，"再见李敖"及此之后，再无相见。因为是最后一面，所以我希望这次会面是真诚、坦白的。或许我们之前有很多残酷的斗争，但或许我们之前也有很多美好的回忆；我希望通过这次会面，能让我们都不留遗憾。不留遗憾，这是我对你的承诺，也是我对你的期盼。我会全程记录我们最后一面的相会。我想通过这些影片，让大家再一次见到我，再一次认识不一样的我，见证我人生的谢幕。

李敖一生桀骜不驯，嬉笑怒骂皆成文章。他敢写敢骂敢闹，在台湾地区风生水起，不停地生产"禁论""禁书"，遭禁著作多达96本，谈古论今，针砭时弊，集百家争论，成一家之言。每每以尖刺的嘲讽，刺激着民众的神经。他曾自诩自己是"中国白话文第一人",看起来甚是狂傲,但在生活中是众所周知的谦逊有礼、待人友善,他终究是将自己的"傲"用在了文化上,然而在文化世界征战一生的他,在承受肿瘤带来的痛苦时,终于想和自己,和他人,和这个世界做个和解,连面临死亡也要酷。

(8)

为了社会的进步,他争强好胜,为了做人的骨气,他快意恩仇。他人生的每个阶段都高潮迭起,精彩绝伦。

对于狂人,我们唯有尊重!

2018年,李敖的生命定格在了83岁。

陶冬冬最后说:"每次回看我为他所画的肖像画我都唏嘘不已。"

也许无趣的不是这个世界,而是很多人还没找到有趣的活法而已。虽然画这幅画时,李敖已有70多岁,但我们依然能从这幅画中看到一个健壮的李敖。

然而命运无常,英雄终老,谁都躲不过成长的自然规律。最后,李敖在与亲人、爱人、朋友,乃至于仇人最后一次告别后,坦然面对了生命的最后一刻。

李敖故去,全剧终了,只有重温,没有续集。有人说,这个时代最后的狂人去了。但我想起他曾说过,自己生也野狐,死也野狼。

在我看来,狐狸谓之狡猾的智慧,野狼谓之不可湮灭的斗性。一生狂傲不拘、野性十足的李敖虽已离世,但其人格永存,正如胡适昔日的诗句,"有召即重来,若亡而实在"。

只是这个世界上,失去了一个有趣的灵魂。

感谢朋友陶冬冬的讲述,让我有机会去认识一个鲜为人知的李敖。也借此文,表达我对李敖先生的缅怀之情,愿先生在天堂依旧傲视群雄,笑傲江湖。

好的情感一定是灵魂的契合

（1）

中午吃过午饭，与朋友一起在楼下散步。那天，云团紧凑、阳光普照，我突然很想爬到楼顶的天台上去欣赏一下风景，但身边的朋友说："有什么好看的，走吧，回去睡午觉吧。"

我说："就看一小会，走吧。"

当我们乘电梯到了顶层之后，还需爬一层楼梯才可以登上露天天台，可就在这时，朋友说："算了，还得爬上去，要不别看了，回去睡午觉吧。"

可是，我真的很想上去看看呀！当时我心想：就爬一层楼梯而已，又不是很费劲。但我的朋友还是执意想回去午睡，我也不再强求，无奈之下只好对他说："要不你先回去吧，我自己上去待一会再回去。"

最终,我独自一人爬上了楼顶的天台。

二月底的北京乍暖还寒,但站在阳光下,便可令人如沐春风。在白云的点缀下,仿佛冬日的阴霾已悄然退场。我站在楼顶眺望远方,远方的风景如画一般让我心旷神怡。

低头看看自己的影子,竟也有些失落。

(2)

我盘腿坐在了天台上,突然很想念一个当记者的兄弟,他是与我脾气最相投的人,相投到我们一起做任何事情都觉得很有意思。

我喜欢打篮球,从来不打篮球的他也会跟着我一起去篮球场。我教他如何运球,可是他学了半天依旧只会抱着球往前跑,然后朝着篮筐奋力扔去,不管球进不进,他都会很开心……这么多年,他依旧不懂篮球,但是每当我说想打篮球的时候,他都会换上运动鞋陪我,风雨无阻。

2016年科比退役的时候,我与他在五棵松一起吃呷哺呷哺,我边吃边对他讲科比退役的事情。他突然打断我,很正经地问了一个令我啼笑皆非的问题:"科比是乔丹吗?"

我笑着反问他:"白岩松是崔永元吗?"

他说喜欢开车的感觉,但自从取得驾照以来从未摸过方向盘。那年,我向领导借了车,带着兄弟去石景山老山训练场练车。每次他开车时都会把我吓得魂飞魄散。那时我就在想,如果领导知道我借他的车去做了什么,如果领导知道我兄弟的驾驶技术是什么样的话，估计我肯定会被开除。

直到他的驾驶技术变得不错之后，我坐在副驾驶座上终于不再提心吊胆了。后来听说我的领导修车花了两万多元。

后来，因为工作原因，单位给他配了辆上了"年纪"的中华轿车，他便经常叫着我去兜风，但因为我们两个并不在一个单位，因此能聚在一起玩的时间只有晚上。他特别喜欢夜晚十二点之后去兜风，因为这个时间段路上的车辆、行人比较少，他可以更轻松地穿梭在北京的大街小巷。

有一次，依旧是夜晚十二点之后，天突然下起了大雨，他对我说："小祺，兜风去。"

我问："现在？"

他说："别浪费了这么朦胧的雨夜。"

我说："走。"

于是我们两个穿上衣服便下楼了。

上车后他打着火，我坐在副驾驶座上，他倒车准备驶离停车位，突然踩着油门问我："怎么倒不动了？"

我回头从车后玻璃上看了看，对他说："除非你把后面的电线杆撞断。"

他这时才发觉车后面有根电线杆，于是选择从前面绕道。我对他说："你这智商，估计也就我敢坐你的车去兜风了吧。"

他哈哈大笑，笑中满是日月星辰。

北京的夜晚灯火通明，车子在三环上一路畅通，我们打开车窗，让雨水打在我们的脸上，然后跟着车载音乐一起唱汪峰的《北京北京》。

在很多人眼里，那都是难以理解的事情，但对于趣味相投的两个人来讲，任何无聊或难以理解的事情都是一段有意思的经历，足以让我们今后回忆起来忍俊不禁。这样的生活远胜常人眼中规规矩矩的生活。

（3）

我还有个朋友，只要时间允许，无论什么时候叫他出来吃饭，无论在哪，他都会千里赴约。

尤其刚来北京那会，我是又穷又矫情，吃不惯食堂的饭菜，饥饿总是在夜晚如期而至。那时，我喜欢随便找个小酒馆喝一杯，每当我找到吃饭的地方时便会拨通他的电话："出来喝点？"

他每次都会问："有女的吗？"

无论有没有女人，他都会以最快的速度出现，陪我喝酒，然后去结账。

我问他："每次你都问我有没有女的，但无论有没有女的你都会来，为什么还要问呢？"

他告诉我："因为有没有女的，不决定我来不来，而决定我以什么样的姿态来，有女的，我就洗个头喷点香水，没有的话，我蓬头垢面的都可以呀。"

那时我才知道，原来有没有女的不重要，在他心里，我才是最重要的。

每次当我们喝到微醺之后，便一起在月光下随便走走，聊聊人生，聊聊未来，聊聊女人……有时，我们会坐在过街天桥上看桥下穿梭的车流，一起幻想未来的人生。有时我们还会一人骑一辆单车，在无人的街道上比赛，看谁的速度更快。那时，我们骑得飞快，就像两个飞驰的少年，脸上洋溢着笑容，不知疲惫……

后来，我的这个朋友离开了北京，我送他一瓶香水，愿他在没有我的日子里，依旧可以有一个让他喜欢一起去"疯"的人。

（4）

很多人都说，交朋友真诚就可以，但是我觉得，交朋友志趣相投太重要了。因为只有与那个志趣相投的人在一起时，你才会觉得做什么事情都有意思，你才会不必解释为什么你喜欢这件事情、为什么你喜欢这个感觉、为什么你喜欢这种类型的人，因为你喜欢的也正是他喜欢的，你觉得有意思的也正是他觉得有意思的。你们两个在一起，没有谁迁就谁，没有谁照顾谁，你们相互喜欢并欣赏彼此的乐趣，在一起时觉得生活充满了趣味，因而更爱这个世界。

漫漫人生路，还有比这更有意思的吗？

但是，随着年龄的增长，我发现，那些能陪我"疯"的人越来越少了。就像我想对他说蓝天白云会让我心旷神怡，眺望远方会让我暂时忘记疲惫和烦恼，而他觉得睡觉才是最爽的事情。没有对错，没有指责，没有抱怨，我们只是志趣不一样罢了。

原来，最好的感情，一定是灵魂的契合。因此，在你成长的路上，遇到一个志趣相投的人是何其幸运，一旦遇到，阳光普照。

好的情感一定是灵魂的契合

什么人是真正的朋友

第一次知道"朋友"这个词是在幼儿园,老师带我们一起玩"找朋友"这个游戏,大家手拉手一起唱:"找呀找呀找朋友,找到一个好朋友,敬个礼呀,握握手,你是我的好朋友,再见。"

游戏很简单,就像那时朋友之间的关系一样。

幼儿园时,我喜欢交什么样的朋友呢?很简单,我喜欢与长得好看的女生做朋友,我喜欢与有玩具的男生做朋友。

一个是感官上的,一个是理智上的。长得好看的女生就像小天使,总会吸引其他人竞相靠拢;有玩具的男生就像小皇帝,可以决定谁能与他一起玩游戏。原来,我们从小就有功利之心,谁都逃不过人性的主宰。

同班的小仓,前一天他给我一块糖,所以我觉得他是我的好朋友。但是，第二天我就不这么觉得了，因为他抢走了我的一颗玻璃球，于是我和他反目成仇，对他记恨在心。或许第三天，他再给我一块糖，我们就又是好朋友了。

小时候的友谊就是这么简单，一块糖就是一段友情岁月。那时的友谊来得快去得也快，来的时候始料未及，去的时候无疾而终。

在成人眼中，小孩子之间的友情是那么幼稚，说好就好，说翻脸就翻脸，但是好也罢坏也罢，小时候的我们是那样纯净，爱憎分明，从不伪装。

长大后，我们比小时候更渴望得到朋友，毕竟一个人的岁月太孤单了，我们需要有人陪伴，携手同行，一起面对生活的风风雨雨。

可是，长大后的友情还会像小时候一样简单吗？当然不会。小时候的两个人，关系好的时候就是好，喜欢对方的全部；不好的时候就会表现出对对方的各种不满，没有掩饰。而长大后的我们似乎变得更聪明、更有技巧了，变得世俗圆滑和善于伪装自己，看着挺好的两个人，中间有可能隔着大海和高山再加百里荒漠。

我们不是找不到朋友，而是很难找到知心的朋友。

有时我们渴求遇到一个人，彼此之间可以相互理解、坦诚相待、心有灵犀，而结果往往是这样的人千里难寻。人都是孤独的，我们心里有很多故事不知道讲与谁听，更是不敢将心里的秘密告诉别人，因此我们宁可没有朋友，也不愿交到假朋友。

网上流传的一句话说得很对：朋友一旦变成敌人将比敌人更加可怕。

随着年龄的增长，我越来越发现，我们最怕的不是真敌人，而是假朋友。因为真敌人兵戎相见；假朋友却笑里藏刀。明枪易躲，暗箭难防。

因此，真正的朋友才更显得弥足珍贵。

何谓朋友？并不是与别人认识之后就能称之为朋友了，也不是加了微信或留了电话号码就代表与人熟知了，那样的话就曲解了朋友的真正意义。我在北京漂泊了近十年，各个圈子都曾接触过很多人，但能称得上知己的，我心里很清楚，屈指可数。

周国平有句说得很好：一个人不可能有许多朋友，所谓朋友遍天下，不是一种诗意的夸张，便是一种浅薄的自负。热衷于社交的人往往自诩朋友众多，其实他们心里明白，社交场上的主宰决不是友谊，真正的友谊是不喧嚣的。

要想拥有真正的友谊，首先要走进彼此的内心世界，也就是所谓的交心。交心是把我最脆弱的一面暴露给你，是我对你的需要和不舍得。这一点很像爱情，就是我把你当朋友所以才需要你，而不是我需要你才把你当朋友。

当两个人的心灵相交之后，才能知道彼此是不是一路人，如果彼此之间的价值观都相符合，那么你们便永远不必担心，担心自己，或者担心这段感情。

感情交不交心，除了当事人谁也不知道。

我们需要与什么样的人交心呢？当然不能对谁都掏心掏肺地把自己所有的秘密都倾诉出来，也不能三分熟非要说成五分重，而要凭自己的感觉去鉴定。

日本作家日野原重明在他的最后一本书《活好》中写过这样一段话：如何才能找到真正意义上的朋友呢？我认为最重要的是你内心的感觉。如果遇到一个人，你心里觉得这个人会成为真正的朋友，那么相信这种感觉。

日野原重明写这本书的时候105岁，百岁老人发自肺腑的人生感悟，很值得我们去认真思考和感悟。他的话很容易就能走进我的内心，触碰我的心弦。

当你遇到那个感觉会成为朋友的人之后，就要花时间在一起，哪怕是散步与聊天。时间长了，不知不觉你们之间就像是架起了一座桥梁，彼此受邀请进入对方的生活舞台。

在那个舞台上，有时需要一起面对生命中的挑战，有时一起经历生命中里程碑式的事件。"度尽劫波兄弟在"，成为真正的朋友，需要有共同的经历，在面对人生困境时彼此扶助。

超级演说家上的刘媛媛说：没有交心的爱情是凑合，没有交心的朋友是social（社交的）。

如何交到知己？复旦大学的陈果老师的一段关于交朋友的视频可谓火遍各大网络媒体。

她说："物以类聚人以群分，只有同等能量的人才能相互识别，只有同等能量的人才能相互欣赏，只有同等能量的人才能成为知己好友。我希望大家明白我这句话的潜台词是：你想要什么样的好朋友，你得先活成什么样的人。因为，当你变成了怎样的人，你就会吸引来怎样的人，这就是物以类聚人以群分。"

你想要交到什么样的朋友，首先要先活成什么样的人。鱼找鱼，虾找虾，乌龟找王八，说的不只是爱情，友情同样如此。因此，从某种意义上来讲，交朋友一定要交跟自己风格一样的，疯也好，傻也好，正经的也好，正常的也罢。性格相匹配的，说一句话、做一件事，那种默契和舒适感是别人给不了的。

同跟自己属性不一样的人沟通，永远是鸡同鸭讲，无趣至极。时间久了，你们之间不用出现矛盾，也会自然而然渐渐疏远彼此，因为在一起时的感觉不好。在一起时不舒服，分离便是很自然的事情。

如何才能验证你已经把他当作你的朋友了，或他是否已经把你当作朋友了呢？其实很简单，就看自己是否愿意为对方做出不利于自己的决定。不利的程度有多大，在某种意义上就证明你们的关系有多深，"士为知己者死"就是这个道理。

很多人会误解"不利于自己的决定"的真正意义。并不是你愿意等他一分钟你们就是一分钟的友谊，也不是你愿意等他一小时你们就是一小时的友谊；不是你愿意借给他10元你们就是10元的友谊，也不是你愿意借给他1万元你们就是过万的交情……如果你正忙着去挣钱，但你愿意牺牲挣钱的时间等他一分钟的意义与你闲来无事等了别人一小时的意义是不能一概而论的；你一个月挣1000元借给别人100元的意义与你年薪几千万借给别人1万元的意义也是不一样的。

因此，"不利于自己的决定"的真正意义不在于事物本身，而取决于你的状态。

交朋友不是为了索取，而是为了奉献。朋友，可以把快乐加倍，把悲伤减半。有知心朋友是一种幸福。漫漫人生路，谁愿孤单走一程呢？

马克思曾说过：人生离不开友谊，但要得到真正的友谊才是不容易；友谊总需要忠诚去播种，用热情去灌溉，用原则去培养，用谅解去护理。因此，我们需要朋友，我们需要交朋友，我们需要交朋友的能力，但是我觉得，我们在得到朋友前首先一定是我们具备了得到朋友的资本，这才是最为核心之处。

谨以此文献给我和我的朋友，与君共勉。

一个人的晴空

万花丛中的小草
有谁会多看你一眼
你挺直脊梁
依旧被掩盖在五彩之下
我拿起相机
对着你照下自己的影子
在波动的风花雪月之夜
曾几何时
一个人裹紧被子
在没人理会的台灯下
翻阅美丽的安静与孤独
总想去寻找你的笑容
一个背包

一台单反

去一个梦里也不想说再见的地方

哼一曲久违的旋律

一身运动装

一瓶纯净水

走一条很累的道路

忘记繁花与孤独

疲惫了

躺在一方草坪

看一方儿时飘散的白云

融进指尖淡淡的烟草香

一个人的时候

要学会爱自己

一个人更要学会被自己爱

总有一个人的旅程

一个人的晴空

曼巴精神 科比自传

兄弟张森买了本《曼巴精神 科比自传》，兴冲冲地跑到我房间对我说："这本书真不错，我刚看完，也拿给你看看。"

他知道我最喜欢的 NBA 球星就是科比·布莱恩特，这么多年从未改变。虽然我知道，还有一个叫乔丹的人也很厉害，但是我还是更喜欢科比，因为我的青春有幸经历了科比的黄金时代。

我从拿到这本书的那一刻起，便完全沉浸在了科比的篮球世界中。我用一整天的时间读完了这本记载着科比心路历程的书，感慨万分。

我问张森，看完这本书你有什么感受。这么多年，我和张森养成了一个习惯，每次在读完同一本书或是看完同一部电影之后便在一起分享一下各自的感受。

张森第一句话便说："我读了很多名人自传，我觉得这些伟人有一个共同点就是工作的时间特别长，睡觉的时间特别短，我们成不了伟人是不是就是因为我们的觉太多了。"

张森的话让我突然想起了凌晨四点的洛杉矶，正如大家都知道的关于科比的那个采访，当记者问科比："你为什么能如此成功呢？"

科比反问道："你知道凌晨四点钟洛杉矶是什么样子吗？"

记者摇摇头："不知道。那你说说洛杉矶每天早上四点钟究竟是什么样儿？"

科比挠挠头，说："满天星星，寥落的灯光，行人很少。"

说到这儿科比笑了，"究竟怎么样，我也不太清楚。但这没有关系，你说是吗？每天早上四点洛杉矶仍然在黑暗中，我就起床行走在黑暗的洛杉矶街道上。一天过去了，洛杉矶的黑暗没有丝毫改变；两天过去了，黑暗依然没有半点改变；十多年过去了，洛杉矶街道早上四点的黑暗仍然没有改变，但我已变成了肌肉强健，有体能、有力量，有很高投篮命中率的运动员。"

科比的话曾激励无数年轻人热血沸腾，或许这就是曼巴精神。什么是曼巴精神？每个人都有自己的答案。

科比·布莱恩特有个绰号叫"黑曼巴"，那是非洲草原上毒性最烈的一种蛇，而科比的精神，也被称为"曼巴精神"。"永不言弃"是科比自己给予这种精神的定义。总的来说，曼巴精神就是从不退却，从不放弃，从不逃遁，忍辱负重，在困难中创造奇迹。因此科比自己的解读是：passionate（热情）、obsessive（执着）、relentless（严厉）、resilient（回击）、fearless（无惧），这五个关键词就是曼巴精神的内涵所在。

科比在书中写道：开始，"曼巴精神"只是我在推特上发起的一个话题标签，它激励人心，饱含智慧，令人过目难忘。但随后它从那里流行开来，开始有了更多象征意义。

"曼巴精神"是一种思维模式，它不在于寻求结果而在于如何做才能取得结果，在于从现实到目标的这个过程。它是一段旅程、一个方法、一种生活方式。我真心认为，在所有努力之中，拥有这种心态最为重要。

每当我听到有人提起"曼巴精神"，无论他是一位大学精英球员、一位 NBA 球星，还是一位《财富》500 强公司的 CEO（首席执行官），我都感到意义非凡。每当有人谈到他们从"曼巴精神"中获得了激励，我都会觉得所有的辛勤工作、所有的汗水、所有的凌晨三点早起没有白费。这正是我写这本书的原因。书中的每一页都饱含着我的经验教训，不仅仅关于篮球更关于"曼巴精神"。

成功绝非偶然，科比的成就也绝非巧合。

一位网友这样评价科比，一名球员，两件球衣退役，生了三个女儿，凌晨四点训练，五次总冠军。

我是自高中时期开始喜欢上科比的。那时的他已经是拥有三个总冠军的超级球星了。在学校，每当谈起篮球，科比总是我们绕不开的话题。当篮球爱好者津津乐道地谈论自己喜欢的球星，无疑，科比的粉丝是最多的。

我是众多"科密"中的一个，也曾多次在篮球场上挥汗如雨模仿科比的动作。记得高一时，学校举行三对三篮球赛，每个班级出三人比赛。我们班有两个一米八五以上、打篮球特别好的人，再加上我这个一米七多点的小个子，组成了两个中锋一个后卫的团队。经过一周时间的轮番交战，我们终于闯进了总决赛。

在总决赛的赛场上，人人都倍感压力，紧张感束缚着手感，无论是队友还是对手，大家的投球命中率远不如训练时高，我也连续几次投篮都没有命中，用篮球比赛的术语来说就是疯狂打铁。不过在几经尝试之后，大家逐渐找回了手感，双方比分一直咬得很紧。最后时刻，我们班差一分，当我把球传给大个儿后，大个儿持球杀到禁区，就在最后出手的那一刻，哨音响了，虽然球应声入网，但是无奈比赛时间已经结束，进球无效。

本以为我们可以拿总冠军的，可无情的比赛浇灭了我们对冠军的渴望，就在输球的一瞬间，感到眼前是一片黑白世界，突然理解了为什么科比最不愿接受的就是输球的结局。那种努力后的失落，天不遂人愿的遭遇，无可奈何的心境，一切都那样真真切切，心如刀绞。

那是我第一次踏上比赛场地，赢了很多个对手，却输了最后的冠军。

后来我无数次地自责自己的几次投篮失误，如果能多命中一球，我们就可以取得胜利，可最后的我连投篮的勇气都没有了。

科比曾经说过一句话："我宁愿30投0中，也不愿意9投0中。"

这句话是在篮网对阵热火的一次比赛后，科比所发出的。当时，篮网的明星后卫德隆·威廉姆斯发挥糟糕，全场9投0

中，科比便就此事给出了自己的看法。这句话也引起了外界的一片讨论，褒贬不一。黑科比的人，都纷纷拿这句话来说事，"若不是科铁王打不进还一直要瞎扔，湖人也不会打得这么累！""钢铁大师的自我修养"；但是赞同他的人觉得这句话还是很有道理的。你可以暂时发挥得不好，但是永远不要失去投篮的信心，也正是这种好胜、不服输的精神，才造就了独一无二的黑曼巴。

那时的我，把赢走冠军的三个人视为我的目标，总想在篮球场上打败他们，于是每当有机会接触篮球的时候，我都会刻意练习更多的篮球技能，而每当遇到他们三人中的一个时，我都会刻意去与他对决。直到后来，我才知道，其实我的对手并非他们中的某一个，而是我自己。

科比从小就有个坚定的信念："只要努力去做，一切皆有可能。"科比也曾说过自己童年时打球失败的往事，感谢父亲在关键时刻给予他信心。科比称，输赢过程都一样，但最难的是面对失败，因为害怕重新开始……

很多年后，我才走出了高中那次篮球失利的阴影。

因为我明白了一个道理，你应该成为一个更好的自己，而不是要比谁更厉害。只有你自己知道自己想要成为什么样的人，自己想要一个什么样的结局，如此，你在努力的过程中才不会觉得疲劳和无聊。

就像科比在书中写的那样：我完全感受不到外界压力。我知道自己想要完成什么，以及要想实现这些目标，需要付出多少努力。于是我心无旁骛地投入工作，坚信它终将带来回报。

此外，其他任何人对我的期望再怎么高，也高不过我对自己的期望。

"其他任何人对我的期望再怎么高，也高不过我对自己的期望"这句话深深触动了我，我觉得科比不只是一个篮球运动员，还是一个思想家，因为不到一定的境界还真说不出这样的话。

真是"夫行非常之事，乃有非常之功"。

在这本书的后半部分，记载了科比的很多队友和对手。那天，我一页一页地翻着书，对张森说："看一个人的底牌，要看他身边的好友。看一个人的身价，要看他的对手。"

张森问："什么意思？"

我说："一个人的底牌便是他的好友，这就是所谓的软实力，他的朋友越厉害，他的底牌就越强大。这句话很好地诠释了物以类聚人以群分的道理，因为在现实生活中，性格脾气相投的人，往往容易走到一起，成为朋友，所以你只要看看他身边的朋友是什么样的人，就能大体知道他是什么样的人。也就是说看到了他的底牌。你看看科比的好友都是谁，有迈克尔·乔丹、保罗·加索尔、菲尔·杰克逊等，有队友也有教练，这些人在一定意义上组成了科比的底牌。"

张森问："那他的对手呢？"

我说："看一个人的身价要看他的对手，即他在和什么人竞争，草根和草根竞争，富商和富商竞争，他要是有能力抗衡强大的对手的话，这个人也没表面上那么简单。看看在科比的笔下，他的对手都有谁，艾弗森、麦迪、奥拉朱旺、卡特、邓肯、皮尔斯、雷·阿伦、安东尼、韦德、詹姆斯、哈登、杜兰特、威斯布鲁克、巴蒂尔，以及后来的库里等。这些响当当的人物，每一个人名都如雷贯耳，每一个人都曾在 NBA 赛场上叱咤风云，正是这些对手成就了现在的科比。现实生活中也往往如此，你只要看看他的对手是什么身价，就能知道他是怎样的身价了。"

  科比的伟大毋庸置疑，他留给我的不仅是青春的回忆，还有最重要的曼巴精神。

  2016 年 4 月 14 日，科比正式结束了他 20 年的职业生涯。从第 1 分到第 33643 分，他用 20 年的时间诠释了何为伟大，2017 年 12 月 19 日，他的 8 号和 24 号球衣被同时挂在斯台普斯球馆（湖人队主场）上空，一个时代就此结束。

  13：02，科比最后发言。

  他平和地讲述着生活，篮球，虽然他的泪花也会在眼眶里打转，但他真的可以坦然接受这一切了。科比说："球衣本身只是一件球衣，但球衣背后的精神是值得铭记的。"

  电视前的我很清楚地知道，过了今天，NBA 赛场上就再无科比了。那一刻，我发了一条微博：从此心中只有篮球，再无 NBA。

  对科比的热爱，深入骨髓，即使日后联盟出现了第二个"科比"，我也没有第二个青春去追了，因为科比代表着我的青春。当我老的时候，我会告诉我的孩子，在我看 NBA 的时候，有个无所不能的男人，他叫科比·布莱恩特。我不会说乔丹有多么多么厉害，因为在我这个时代，能统治整个联盟的，只有科比！

健康快乐地走向美好的未来

曾经，很长一段时间，我都特别不理解明星得抑郁症：有那么好的生活，那么好的前景，为什么那么想不开而得了抑郁症呢？对于那些因为抑郁症轻易放弃了自己的生命的人，我就更不理解了。

直到后来，当生活的压力、工作的压力、恋爱的压力、学业的压力悉数如枷锁般束缚在我的身上时，突然有一天，我变得夜不能寐，思想不受自己控制，满脑子都是特别无助的事情。当时，特别特别害怕，接连几晚都是如此，而且很轻易就想到自杀，于是我特地去医院做了检查，没错，医生确诊我得的就是抑郁症。庆幸的是，并不是特别严重的抑郁症。

从未想到，我也会得抑郁症。以前，我认为抑郁症都是大明星才会得的病，没想到我这种平民百姓也会得，但我并不认为得抑郁症是一件丢人的事情，既然得了就应该正面对待它。

前段时间明星乔任梁的去世让人们的注意力又一次聚焦在了抑郁症上。抑郁症是一个强大又可怕的对手，常人很难想象抑郁症患者正经历着怎样的挣扎与恐惧，突然之间，我便理解了那种感觉，真的是感同身受。

从表面上看，他们是非常快乐和充满激情的，所到之处有如阳光，让周围的人灿烂快乐。但当他们一个人的时候，突然收敛了笑容，心中刹那出现了隐痛。这就是阳光忧郁症，即把郁闷、委屈、愤怒等情绪掩藏起来，表面上给人阳光、快乐、充满激情的感觉，负面情绪长期得不到宣泄，积累下来形成巨大压力，酿成不可挽回的后果。

很清晰地记得，每当夜晚来临的时候，我就特别难受，难以入眠，到了凌晨三点多，实在困得不行了，眼睛都睁不开了但就是睡不着，一闭上眼睛思想就不受自己的控制，老是想一些特别无助、特别崩溃的事情。我想让自己尽量想一些好的事情，但是没过几秒钟便又开始想一些自己无法改变的事情，自己完全无法控制自己的思想，只有睁开眼睛的时候才会好一些，最起码思想可以受自己控制。但是，身体已经到了极限，眼睛是睁不开的，睁一下就又闭上了，闭上了眼思想就又不受自己控制了。这样就形成了恶性循环，一遍遍、一天天地折磨自己，时间一长，就很容易想到自杀。

当我把自己的情况告诉身边的朋友时，他们开始不相信，平时乐观开朗的左小祺怎么可能会得抑郁症，但当他们确信我得的就是抑郁症的时候，纷纷来看我，安慰我，开导我。很多人认为，抑郁症患者平时应该是负能量爆棚，怨天尤人，自卑堕落的。其实不是的，平时他们真的和正常人一样，而且乐观自信，勤奋上进，但是一到独自一人的时候，瞬间会感到孤独无助。我很清楚地知道这种感觉，当朋友在身边的时候，我会感到特别开心，但朋友一离开就特别难过，特别不想分别，心情失落到极点，就像一只失群的孤雁，苦苦寻觅着安身之所。

阅读公社有一篇文章讲道：在不了解抑郁症的人眼中，常常有"他看起来好好的，不像有病的样子"和"多关心关心他，安慰安慰就好了"的错误认知。但其实，治愈抑郁症靠的不是安慰，而是治疗。而且除了药物的治疗，医生还会给出一些辅助治疗的手段。据英国《每日邮报》报道，英国部分卫生机构正在与图书馆协作，使医生在给抑郁患者开处方时，除了药物还能开出一些"图书处方"辅助治疗。这种用书籍辅助舒缓情绪的方法被定义为"阅读疗法"。事实上，在中国也有一些人持续关注"阅读疗法"，有人研究，有人实践，当然也有人质疑。

我也曾用过这种方法，感觉还是挺有用的。读一些正能量的文章，读一些优美的诗歌，阅读的时候思维随着文章内容运转，没有机会去想一些无助的事情。而且，多出去走走，去自己想去的地方，见自己想见的人，做自己想做的事情，然后感受生活的美好，心态也会随之改变。

谁说得抑郁症一定是坏事呢，因祸得福也不一定呢。

乔任梁去世后，韩寒发微博写道：在某些事情上，我其实并不喜欢"吃瓜群众"这个词，也不喜欢看到各种段子和猜测。纵然人都有好奇心，但很多人也都有另一面。你也许并不明白抑郁的人对世界的绝望，人前欢笑的人未必关起门也快乐。珍惜你爱的和爱你的，理解你不理解的和不理解你的。

我觉得写得特别好，我也希望通过自己的经历让更多的人了解抑郁症患者的状态，他们不是神经病也不是心理不健康，他们与常人一样在为这个社会辛勤付出，请不要用异样的眼光看待他们，也不要把他们的遭遇当成茶余饭后的谈资。他们备受煎熬还在努力地活着，努力地为这个社会做着贡献，不是更应该得到大家的尊重吗？

既然活着那么好，那些没有得抑郁症的朋友不是更应该好好活着吗？我感到最悲哀的就是那些因为高考失利选择自杀的人，那么好的年龄，心理承受能力怎么如此薄弱。就像崔永元说的一样，活着多好，我们得了抑郁症还不轻易选择死亡呢！我从小就怕死，所以我的梦想就是好好活着。我觉得高考根本不能决定一个人的命运，别把它看得太重，像我这种高中毕业证都差点没领上的人，现在不是也没饿死嘛，而且还在减肥……

希望那些得抑郁症的朋友都能渡过难关，重新踏上正常的人生之路，那些有抑郁症倾向的朋友，早日发现，早日治疗，早日摆脱困境，更希望人们多关心身边的朋友，彼此珍惜，一起健康快乐地走向美好的未来。

你好，信仰！

我去过很多个教堂，但至今没有找到自己的信仰。

我曾去过教堂做礼拜，也曾无事登过三宝殿，我曾双手合十，也曾顶礼膜拜，但是你要问我的信仰是什么，我真的没有。

我认为那些拥有自己信仰的人是幸福的，他们可以在成功之际感谢自己的信仰，而我只能感谢苍天，可苍天到底是什么，太缥缈了，感谢了半辈子我也不知道它在哪里，长什么样子。

有人问我："信仰到底是什么？"

我说不清，只能告诉他："你相信什么，什么就是你的信仰。"

中国人的信仰是很复杂的，简洁的话可以这么说：左眼跳财，好开心；右眼跳灾，什么呀，都是封建迷信。

看吧，人们都是宁愿相信好的东西，即便它没有任何科学依据。

我的一位朋友，经常闯红灯。我告诉他："闯红灯出车祸的概率是很大的。"他说："我知道，但这种概率是不会发生在我身上的。"他经常去买彩票，梦想着一夜暴富。我告诉他："中奖的概率是非常非常低的。"然而，他回复我："万一呢。"

看吧，他们其实是不相信的，但是假装自己是真的相信。

这算是信仰吗？如果是，那么我只能这样认为，原来信仰也是可以分类的。

突然之间，我有了些许感触。真正的信仰应该由心而发，信仰内心真正相信的东西。

冷静地思考，明智地决定，能让人在困境中依然看到希望之光，就是支撑我不断奋斗的精神信仰。

嗯，就是这样，你好，信仰！

无论男生还是女生，都要学会打扮自己

你有因为穿着打扮太随意而遭遇尴尬的事情吗？

我有的是。

先说说十几年前的一件事吧。那是在高二的暑假，有一天我在镇上的商业街闲逛，偶遇了一位女同学，她是我初中时的学习委员，成绩好，人长得漂亮，回眸间总会流露出"倾国倾城"的笑容，但初中毕业后我们上了不同的高中，那次偶遇也是分别两年后的事情了。

她先看到了我，在马路对面挥着手喊我的名字。

我朝着她的方向跑去，可就在这时，我突然感到脚底火辣般的刺痛，你们谁也想不到那一刻有多么尴尬，我的鞋底居然掉了，对，没错，就是鞋底，整个都掉了！我的脚直接踩在了被太阳暴晒的沥青马路上，烫死我了。

那是一双劣质仿造鞋，40多元，已经被我穿了很久了，被它扔在马路上也是在所难免的事情。

就这样，我在马路上一蹦一跳地寻找鞋底的场景被我多年不见的老同学尽收眼底。当我找到鞋底的时候，我的老同学已经快笑岔气了。

她上气不接下气地说："左小祺，要不我把我的鞋子脱给你。"

羞死我了。

感觉那一刻，真是丢人丢到家了。从那时起，我就再也没有和那位女同学联系过，丢死人了，哪还有脸联系。

可说来也奇怪，纵然有这么尴尬的事情发生过，但是这么多年，我还是没有改变自己穿着随意的习惯。

一件衬衫、一条破牛仔裤、一双运动鞋一度是我不变的穿着打扮，任由身边人如何批判，我也没有改过。

我是一个不注重穿着打扮的人，一件衣服我能穿8年，袖口都磨破了，还穿在身上。有一次见我表弟，他说："没看错的话，你这件衣服是上初中的时候穿的吧，多少年了？"

我算了一下说："竟然穿了8年了。"

本以为他会夸我节俭，但表弟说了一句："说明你从初中毕业之后就再也没长个儿呀……"

鞋子更是如此，我的一双鞋子最久穿了10年，只要还能穿我就舍不得扔掉，哪怕曾经有过在女同学面前掉了鞋底的经历，我也依旧乐此不疲。

或许是因为节俭，或许更多的是一种特殊的情怀，我是个慢热型的人，对于陪伴自己多年的事物总是充满情感，不忍轻易丢掉。

节俭虽是好事，但太节俭并不一定值得倡导。

前两年，我高中时的兄弟孙凯结婚，在婚礼现场，孙凯非要我到台上为他讲几句话。作为他多年的大哥，我毫不推辞就上台了。后来当我把现场照片发到朋友圈时，好多朋友评论道：你穿得真给你兄弟丢人，人家结婚你能不能穿成熟点，穿正经点，穿着和初中生似的你也好意思上台。

我觉得他们说得很对，确实太不注意形象了，但我还是没改，几天之后竟然还穿着同样的衣服在合肥的高校办了几场讲座。

后来，自然被朋友骂得更狠了。甚至有几个朋友实在忍不了了，买了几件衣服和鞋子送给我，临走时通常会说，别再穿得那么丢人现眼了。

我欲哭无泪，但本性难改。

前段时间，我在北京的某个饭店请朋友吃饭，因为好久没见了，所以选了个高档点的，杯盘狼藉之后我喊服务员过来结账，服务员理都没理我，直接跑到我朋友身边说："先生，您一共消费了××元。"

我对服务员说："你好，我来结账。"

服务员用惊奇的眼光看着我，那目光分明是在说"你也能消费得起"，然后很不好意思地说："哦，不好意思先生，您本次消费一共是××元。"

当时我觉得非常受伤，倒是不怪服务员以貌取人，因为那时我也意识到，身边的朋友都西装革履，唯独我穿着破旧的T恤。

前几年，兄弟周大仙总是指责我："小祺，你该换换造型了。真不知道你整天穿成这样，你的读者怎么会喜欢你。"

我说："可能他们就喜欢如此落魄的我吧。"

后来，我的兄弟焦中理开新书发布会，邀请我去当嘉宾主持，我就从衣柜里翻出了件西装换上，我有个浅薄的认识就是：自己的事情可以随意些，但是别人的事情，一定要尽职尽责。

新书发布会很成功。事后，在场的某公司领导走到我面前，亲切地和我握手并交换了名片，后来我们成了好朋友。我想，除了我的才华，或许穿着打扮也给我带来了潜在效益。

这就是一件衣服给一个人带来的潜在能量。想到这里，我不禁有一种马上去定做一套西装的冲动。

一件旧衣服，一双旧鞋子，那是一个人的小情调，独处的时候可以随意处置，但是面对生活，应该以大众的视野去认真对待，尊重他人也是尊重自己，那样可以为自己赢来意想不到的收获。

咖啡如人生

不知从什么时候开始喜欢上了咖啡,并一往情深;也不知从什么时候开始沉迷于学习咖啡,并为此沉沦。

今天又练习了很长一段时间的咖啡拉花,加上之前的少许经验,终于找到了一点点做拉花的感觉。当然,与真正的咖啡大师相比,还是相差甚远。

当初开始学习做咖啡的时候,总有点急于求成的心态。看到咖啡师将咖啡与牛奶融合后很轻松地就拉出漂亮的图案时,感觉如此简单,但是,当自己亲手操作的时候才知道,没有一定的功力是很难做出一个漂亮的拉花的。

在屡次失败之后,我总是想问别人:"拉花成功最关键的是什么?"

当时教我的咖啡师笑而不语。在我的不断追问下,他对我说:"没有最关键的。或者说每一个步骤都是最关键的。"

我不太明白,总以为他没有告诉我实情,一定有窍门。于是，我就在失败中寻找最关键的步骤。可奇怪的是，每次出现的问题各不相同，有时是奶沫打厚了，有时是融合过多了，有时是水流过细了……

后来"一半一伴"的咖啡师陈梓轩对我说："其实咖啡就像人生一样，你认真对待它，它就会认真对待你。"

一语惊醒梦中人！

不仅是惊讶于一个小我好多岁的人说出这样有哲理的话，而且，我似乎突然明白了自己做不好咖啡的原因所在：急于求成而没有走心。

每一杯咖啡都是有生命的，都是咖啡师用心创作的，是咖啡师技艺的展示，也是咖啡师生命的延续。

在这个创作的过程中，咖啡豆的选择、烘焙、研磨，牛奶的分量、种类、打沫，以及咖啡与牛奶的融合程度，甚至包括杯子的温度，都会影响一杯咖啡最终的味道与品相。

想要做好一杯咖啡，每一个步骤都是缺一不可的，也都是最为关键的。就像人生一样，工作、学习、恋爱、健身、吃饭、睡觉，甚至包括踢球、玩游戏、打扑克、追电视剧，无论高雅与低俗，都是我们生命的组成部分，每一件琐碎的事情都值得认真对待。

生活中有酸甜，也有苦辣，当你认真去对待生活中的每一种状态，认真去感受每一种状态所存在的意义，那种感受才会真正属于你，你的时光才不会虚度。如此，生活才会回馈你一个丰富多彩的人生。

咖啡如人生，人生如咖啡，你认真对待它，它就会认真对待你。

人生的路很漫长，关键处却只有几步，真是如此吗

"人生的路很漫长，关键处却只有几步。"记得高中班主任经常提起这句话。在那段特殊的时期，这句话显得是那样铿锵有力，以至于让少不更事的我们都认为人生最关键的那一步莫过于高考了。似乎只有高考才决定人的命运，也预示每个人今后的成败。现在想想，如果误解了这句话或偏激地认定了这句话，那这句话真的会害人不浅。

因为这句话，很多学生把高考视为生命的终点，在他们心中，高考的成败便直接决定人生的成败。

我姐姐告诉我，她当年的同桌，在高考成绩下来后，发现自己没有考到预期的分数，就跳楼自杀了，就是因为他把高考

视为人生路上决定成败的唯一，因此在发现自己没有走好这一步时，便失去了对未来的憧憬，最终结束了自己的生命。

在现实生活中，因为高考失利选择自杀的人并非个例，似乎这样的悲剧每年都在上演。为什么有那么多想不开的人？很多时候是因为外界的渲染让他们的思想变得偏激，使他们觉得高考就是人生最重要的一步，如果这一步没走好，那么自己的人生便万劫不复，永无出头之日了。因此，他们带着高考失利的绝望，做出了最为错误的决定。

高考失利真的值得让人付出生命的代价吗？

每年，全国上千万人参加高考，考上清华北大的有多少？有些人看似上了不错的大学，但如愿以偿考上自己梦想中大学的人又有多少？那些被第三志愿录取的学生难道将来就一定比被第一志愿录取的学生混得差吗？那些没考上大学的人难道就不能实现自己的梦想了吗？那些连高考都没有参加过的人，难道就没法在这个社会上立足了吗？所有疑问的答案相信每个人都可以举出很多个真实案例予以反驳，那我们还为什么要把一件事情过度宣传到夸大其词的程度，让很多内心脆弱的学生谈"考"色变。

我不得不承认，高考确实可以改变人的命运。许多孩子因为考上了好大学，掌握了知识与技能后，找到了好工作，有了好平台，积累了好人脉，为社会做出了更多贡献，也更好地实现了人生价值。

但我想说的是，任何事情都没有绝对性：考上大学不一定会飞黄腾达，没有考上大学也不一定万劫不复。把高考宣传得过于重要，不但会让高考失利的学生难以接受冰冷的现实，也会让很多考上理想大学的学生忘乎所以迷失自己。

人生的路很漫长，关键处却只有几步。事实证明，高考只是那几步中的一步。学习是一辈子的事情，如果没有这个概念在心中，就算高考考得再理想，也可能在未来的社会中被淘汰。

有多少人就是在考上大学之后沦为不求上进的差等生的。

前几个月，我同田永清将军和张立勇老师一同去清华大学参加活动，田永清将军对清华大学的众多学生说："不要以为考上清华就万事大吉了，如果不继续学习，将来照样成不了气候。普通大学也出人才，清华北大也出渣滓！"几句话让在场听众醍醐灌顶。

"人生的路很漫长，关键处却只有几步"，我到现在都不知道，那几步到底是哪几步。每个人的成长经历本就千差万别，如果真有那几步，那几步又怎么会是怎样的几步呢？

如果真有关键的那几步的话，我觉得，改变人生的也并非关键那几步，而是在于人生的每一步。

人的每一天都存在选择，选择早起读书还是多睡一会儿，选择拿起手机玩游戏、刷短视频还是阅读书籍……正是这些不断的选择，才构成了自己的人生。

当然很多人会说，生命中还有很多重大的选择，比如选择高考还是退学，选择北漂还是回老家，选择经商还是走仕途，选择工作还是创业，这些选择会直接决定你将来的生活状态，因为你选择了这一种人生，也就代表你放弃了另一种人生。这个时候，你该如何抉择呢？哪条路才是正确的呢？

我觉得，这些选择没有对错之分，因为你无论选择哪个都会面临得失成败，你或许会成功或许会失败，成功失败都在于你为这个选择付出过什么，而不在于你做出了什么选择。因此，没有对与错的选择，最关键的是你做出选择之后做了什么，仅此而已。

我也曾做过很多重要的选择，当我回头细数的时候却发现，对我而言那些很重要的选择，本以为会有轰轰烈烈的场景，而事实上并没有。而在很平常的一天，一个十分平常的念头很平常地发生了，只有当我回忆时才觉得，那次平凡的选择原来对我而言意义非凡，而当时，我竟然根本没把它放在心上。

一个没有放在心上的选择将来可能成为自己人生中最重要的事情，你又何苦认为人生真的有那么关键的几步路呢。

如何整治嘴欠之人，我打人就是这么疼，你忍着点

为什么越来越多的明星在微博上关闭了评论功能？有人说，那是因为他们怕被骂。

我并不这么认为，我觉得人家不是怕被骂，而是不愿让自己的地方变成你的语言垃圾场！

前段时间，我在微博上发了张自己打篮球的照片，有人评论说："你那么矮也打篮球呀。"

我个子矮是我的错还是影响你的生活了？谁规定矮个子就不能打篮球了？

莫名其妙的气氛，但我还是给他回复了个："哈哈……"

后来他说："我说话就是这么直，你担待点儿。"

突然有一种遇到流氓会武术的感觉。

真想反手给他一巴掌，然后对他说："我打人就是这么疼，你忍着点。"

明知道自己说话直易伤人，为什么自己不改而是让别人担待点儿呢？难道别人就该接受你的语言暴力，受到伤害了还要微笑着对你说"你说话这么伤人真好，我真喜欢吗？"

后来，我又发了张打篮球的照片，并故意附上了一句话："虽然个子矮，但是并不妨碍我有一颗喜欢篮球的心。"

结果又有一个哥们说："是呀，知道自己个子矮就好。"

这哥们也真够不会说话的。生活当中，别人可以自嘲，但是你千万不能附和，这是一种说话的艺术。

郭德纲在关闭微博评论时说："人需要在一个没有后果的网络世界里发泄，其实这就是人性世界里面有欠缺的地方，真是实名制发帖，网上一片太平。"

生活在网络时代，我们每个人都可能遇到语言暴力，这是一种时代的诟病，但不该是一种无人管控无人问津的常态，不能任其肆意疯长下去，因为从某种角度来讲，它也体现国民的素质。然而今天，语言暴力不仅出现在网络中，而且已经逐渐向现实漫延，虽然不致命，但是让人很不舒服。

我喝杯咖啡，有人就说我土豪。我看场电影，也有人说我土豪。我买件新衣服，还有人说我土豪。我吃包泡面，竟然有人说："土豪才吃康师傅的，还加根火腿肠，真是大土豪呀！"

说的就像他没吃没喝没穿的一样。

当你正面指责他的时候，他却嬉皮笑脸地对你说："我就随口说说而已,你看你这人怎么这么开不起玩笑啊。"

真想用降龙十八掌打他个七窍流血生活不能自理,然后温柔地对他说:"我就随便打打而已,你看你这人怎么这么不经打呀。"

当然,这还不是最可怕的。现实中,有一种语言暴力挺伤人的,相信很多人都遇到过,就是某某地区的人都怎样怎样。

一发生件不好的事情,看到是哪里人做的,就有人大言不惭地呵斥,对,那里的人都这样。

这种刻板印象似乎被以讹传讹成一种定论,那里的人都是小偷,那里的人都是骗子,那里的人都是小姐,那里的人都是……对于这种地域歧视,我不敢苟同。

杨澜在《世界很大,幸好有你》一书中有一段话很棒:社会层面的刻板印象,常常被媒体和广告利用,因为重复和加强人们的偏见,会带来更高的收视率!可事实上,法国人就成天谈恋爱?美国人在性关系方面就很开放?黑人就一定擅长篮球和街舞?喜剧演员就成天讲笑话?富二代就张狂?凤凰男就吝啬?刻板印象不在于有过某些"印象",而在于我们把这样基于少数案例的"印象"刻板化,以为它适用于一大群人。

前段时间丽江暴力事件一曝光,就有人群起而攻之,说丽江人都那样。难道丽江就没有好人吗?施暴者必须得到应有的惩罚,但是也应还丽江善良淳朴的人们一个清白。就像河南人被"骗子化"多年,白岩松反驳道:"中国什么样河南就什么样。"我想说,哪里都有好人,也有坏人,我们不应以偏概全进行地域性歧视,破坏祖国各地区间人们的友好交往。

我希望大家都能成为会说话的人，但又希望大家都是不太会说话的人，我更希望大家都是善良的人，因为不会说话的人显得无知，但有些会说话的人是可怕的，因为他们知道如何用语言去攻击一个人。

因此，善良是那么重要。

所以我们应该明白：刻薄嘴欠和幽默是两回事，口无遮拦和坦率是两回事，没有教养和随性是两回事，轻重不分和耿直是两回事。

我插手不了你的人生，但我想劝你善良。

当然，有时我也会嘴欠，当时在学校的时候就是出了名的嘴毒之人。我想强调的是，嘴欠也该有个度，千万不要达到人身攻击的程度，否则就很难收场了。

既然大家都嘴欠过，那么就对曾经伤害过的人说声对不起，不祈求被原谅，因为祈求别人原谅最真诚的行为就是从现在开始改正自己以前的恶习。

我知道，看完这篇文章后，一定有人会骂我，我想说，那些骂我的人一定还不够了解我，因为了解我的人都想打我。

虽然我爱自黑，但这并不代表你就可以拿我的糗事来寻开心。

行为和说话一样，都是一门艺术。

原来在夏天也还是会怀念夏天的

九月的一天,温暖的店铺和孤独的我。

每当心情烦躁时,我都喜欢一个人随便走走,不是不想找朋友一起,而是不想把负面情绪传染给别人。

我是一个喜欢把喜怒哀乐挂在脸上的人,开心了就哈哈大笑,伤心了就痛哭流涕,烦闷了会愁眉不展,释怀了会轻松自在……在朋友眼中,我是一个乐观的少年,似乎从没有烦心事,但凡有一天我说不高兴了,他们还会笑着说我是在矫情。

"看到你严肃起来的样子,我真想笑。"朋友如是说。

于是我习惯了独处,理解了孤独,学会了自己做自己的朋友。

一个人带着相机,走过一条条街道,穿过一条条胡同,不为别的,只为给心灵找个闲暇的时光。

摄影是我一直很喜欢的事情，在中国传媒大学学习新闻课程时有幸跟老师学了摄影知识，这些年因为时间的原因没能深入研究，不过一有拍照的机会，我还是会习惯性地翻出相机，希望记录下更多美好的瞬间。

北京的老胡同，总是带有一种闹中取静、悠然自得的生活气息。习惯了北京快节奏的生活环境，对于老北京人那种恬适的生活状态也就更向往了。

北京人确实很善良，会主动与你打招呼，还会告诉你这个地方的历史文化以及在哪里拍照位置最佳。

那天，我漫无目的地走着，中午时分，路过一家炸酱面馆，听到老板在门口吆喝："百年老店，正宗的北京炸酱面，进来吃一碗再走吧。"我不自觉地朝面馆走去，这时老板喊道："您里面请。"

不愧是百年老店，炸酱面确实很正宗。吃完饭之后，我本想坐在面馆门口的凳子上休息片刻，却突然有点发困，于是我趴在桌子上睡着了。

人吃完饭之后为什么总想睡觉？我曾经问过学医的朋友，她说："因为当你吃完饭之后，胃要消化食物，所以加剧了胃的蠕动，脑部的一些血液自然会跑到胃这边来，因此脑部就会缺氧，人就容易发困。"说得不无道理。

等我一觉醒来，发现已过了一个多小时，这时面馆老板说："小伙子，你心真大，书包、相机这样放在桌子上就睡着了，也不怕被人拿走了，我一直在门口帮你看着呢。"

无以为报，我笑笑说："再买你家一瓶饮料喝吧。"

人间自有真情在，选择善良，或许就是因为我遇到过很多善良的人。

这么多年，漂泊在外，我早已习惯了四海为家，也早已学会了随遇而安，累了困了随便找个地方便能睡上一觉，哪怕是在人来人往的大街上，哪怕是在川流不息的车站，哪怕是在荒无人烟的树林。这一点，我觉得自己蛮有些布袋和尚的滋味，不知是因为自己的习性像布袋和尚才喜欢他，还是因为自己喜欢布袋和尚才慢慢养成了如他一样的习性。我因此而感到庆幸，因为很多时候，当我一觉醒来，看到陌生的人，陌生的环境，才发觉自己身处在陌生的地方，然后开始怀疑人生：我是谁？我在哪儿？我从哪里来？要到哪里去？那时的我，忘记了为何徒劳，也忘记了眼前的烦恼。

布袋和尚笑口常开、乐观包容，我常常把描绘布袋和尚的"大肚能容，容天下难容之事。笑口常开，笑天下可笑之人"记在心间。自己在大街上醒来，那一刻突然释怀了，之前的烦恼一瞬间烟消云散，阳光刺眼，但风很温柔。

虽已立秋，但北京尚存夏天的气息，我是真的很喜欢这个夏天，如果能自己制作一本日历该有多好，让夏天过去后还是夏天。

你好，夏天，不想与你说再见。

我喜欢夏天，也记录着夏天，原来，在夏天也还是会怀念夏天的。

换个角度看事情，或许就是良辰美景

有些人喜欢拍照，有些人不喜欢拍照，喜欢与否只是个人的兴趣爱好，本无好坏之分，可偏偏有些人喜欢对别人的照片品头论足。

我的朋友圈里就有几位大神，无论我发什么照片，他们都能在打击我的道路上想出新花样来，讽刺起别人来可谓才思泉涌。我真担心有一天他们看到我朋友圈的照片后引发"洪水"突袭，将自己淹没在自己的才华中难以脱身。对此，我只能劝他们提前做好"抗洪"准备，因为我是不会因为他们的几句讽刺而改变自己的。对，我就这样，我还不止这样。

我和异性朋友拍照，他们说："又换女朋友了？"

我和美食拍照，他们说："你这个吃货。"

我和美景拍照，他们说："你去的地方你父母去过吗？"

我自己拍照，他们说："你太自恋了！"

……

面对这些不友善的评论，一开始的时候，我会把他们拉黑。慢慢地，我的心理承受能力变得越来越强大了，可以包容很多不合实际的评论，主要原因是我想明白了一个事，或许换个角度，你会发现，别人对你的任何评论，无论好坏，都是爱的表现。

如今的生活节奏变得越来越快，尤其是人近中年，时间更是越来越宝贵，有时翻翻朋友圈成了一种很好的消遣。那些平时没有精力联络的朋友，没有时间相见的亲人，还有天各一方的网友，可以在朋友圈中看到彼此的近况，有时我会评论几句，有时会点个赞，但有的时候会什么都不做，默默观看也是一种欣慰。

大家都忙，所以，有人点赞或评论，应该感到庆幸，并不是别人很闲，也不是你的文字写得有多好，而是这个世界上还有一种关注叫作点赞，更不要说评论了。哪怕是你不喜欢的评论，也代表别人在关注你，这种关注中，一定包含着对你的喜欢，如若不是这样，干吗不把你屏蔽或拉黑呢？

大度一些，换位思考，这个世界岂不是更美好？哪怕面对你不喜欢的评论，你也可以做到不失礼貌地回复。

"又换女朋友了？"——"对呀，下一个更漂亮。"

"你这个吃货。"——"总好过饭桶。"

"你去的地方你父母去过吗?"——"去过。"

"你太自恋了!"——"自恋才会自爱,自爱才会爱他人。"

这样爽快地回复那些让你看着不爽的评论是不是太爽了?原来,这个世界就是这样,不是没有美好事物的存在,换个角度看事情,或许就是良辰美景。

假如我们真想知道，是可以知道的

从微信开始普及至今，已经演化出几类人，一类是喜欢发朋友圈的，一类是不喜欢发朋友圈的，还有极少数的一类人，他们连朋友圈都没有。不要告诉我你和我一样，第一次知道朋友圈居然还可以卸载。

我觉得爱拍照的人一定很自恋，因为我就很自恋。

我觉得自恋的人一般都热爱生活，因为我就很热爱生活。

我觉得，生活中有太多美好的事物值得被传递，照片是一个很好的佐证。

自恋的人喜欢用照片记录生活的点滴，并忍不住把美好的事物分享给亲朋好友欣赏。在他们的价值观里，那些不喜欢发朋友圈的人，一定是生活得很无趣吧。

如果有人质疑他们："你为什么每天都有那么多动态呢？"

他们会说："没有动态的人生活状态一定是十年如一日的吧，那样多无趣。"

喜欢发朋友圈的人不理解不爱发朋友圈的人，就像不爱发朋友圈的人不理解喜欢发朋友圈的人一样。

我曾经问一个半年不发朋友圈的朋友："我看你的生活也挺精彩的，你为什么不喜欢发朋友圈呢？"

他回答我："自己的生活，自己过得幸福开心就好，没必要拿出来秀给大家看。"

我听后感觉蛮有道理的。

他是一个喜欢打篮球、喜欢弹吉他、喜欢旅行社交的人，身边也总是围绕着很多朋友，按说他是一个非常热爱生活的人，但是打开他的朋友圈，除了转载的几篇文章，空空荡荡的，完全感受不到他在生活中是个阳光开朗、受人喜欢的男生。或许，他是幸福的，他把所有的热爱都放在了现实生活中，不需要在乎朋友圈中有多少人为自己点赞，有多少人羡慕自己的故事。

要知道，汪涵连好友、同事的微信也删了。

在汪涵的观念中，微信好友超过 100 人就会让他感到不安。

天哪，社交如此广泛的汪涵，微信好友竟不到 100 人，相信知道这个消息的人都如同我一般感到震惊。但是后来想想，这或许就是汪涵的人生智慧，把没有必要的一切事物清除掉之后，自己的人生才会过得轻松自如。

简单些，再简单些，这就是生活。

我是个喜欢拍照的人,也是个喜欢发朋友圈的人,我坚信我非常热爱生活。

人总是对自己熟悉的事物深信不疑。这个世界上一定还有一种人,他们不自恋,不爱拍照,但是同样热爱生活。他们认为爱拍照的人在装,就像我认为他们的生活一定很无趣一样。对不同于自己生活态度的行为,人们不是不理解,而是懒得去理解,因为不同的生活习性并不会对彼此造成半点影响。

人类学和社会美学告诉我们的是:假如我们真想知道,是可以知道的。

我们能做的就是坚守自己的生活习性,并尊重他人的生活习性,不要因为不理解就妄加评论。如此,这个世界便多了一份理解的美好,也多了一份坦荡。

我愿做一个最接地气的作家

我很不喜欢高高在上的感觉。

我有一位同行朋友经常这样,我和她还曾因此争论过几次,但无果而终。

她和我在一起的时候很逗,有时还傻得可爱,但是在外人面前,则摇身一变表现出不可一世的孤傲状态。我看着挺惊讶,偷偷对她说:"我觉得奥斯卡欠你一个小金人。"

她白了我一眼,眼神中充满了杀气。

她经常这样,我觉得挺好笑的,就像我在她眼中也挺好笑的一样,谁看谁都是一副欠修理的样子。

有时她遇到不顺心的事时,就会找我抱怨,吐槽一万遍生活的不公,结果刚分别,就看她发微博写自己生活得多愉快,好像与刚才在我面前发牢骚的不是同一个人一样。

有时我在她朋友圈中回复几句开玩笑的话,她会立马删掉，然后发信息对我说："天哪，你怎么可以在朋友圈公开说那种话，我们有那么多共同好友，被别人看到怎么办？"

我说："我们平时开玩笑不就经常这样吗？怕什么呀？"

她说："那不一样，我的微信上有我的读者，我要保持自己的形象，不能乱开玩笑。"

突然想到了前两天我和一个作家前辈聊天，说是前辈，不过比我大几岁、早几年出书而已。他一直一副高高在上的样子，似乎我必须仰慕着他，他才会开心。

后来，我发了条朋友圈讽刺他：和一个作家前辈聊天，他说话老是端着，一点儿也不好玩，真想问他这样活着累不累。怕他看不到，还特意@了他一下。

他发信息说："你什么意思？"

我说："意思是我们不是一路人，礼貌点，互相删了吧。"

你有你目中无人的资本，我也有不搭理你的权利，所以，你看不起我，我也未必看得上你。对于这种人，互不打扰各自安好是最好的状态。

我很理解这类人，尤其是文艺青年，在这个不被看好的时代，他们极力想证明自己，而大多数，似乎都中过张爱玲的毒，并非有多喜欢张爱玲的小说，只因张爱玲曾说过一句话：出名要趁早。

很多人，尤其是想成名的文艺青年把这句话当成人生的至理名言。我不否认，想成名未尝不是一件好事，说明你还有梦想，至少还在朝着变好的方向努力，但是拿出名要趁早作为人生准则的话，那就会成为"为名而活"的奴隶。

张爱玲这句话是很迷人，她也成名甚早，可是她的人生并不幸福。

蔡康永在与陈文茜的一场对话中说："每次看到有人引用张爱玲'出名要趁早'这话，我就想问为什么。张爱玲的人生很棒吗？张爱玲的人生糟透了。你怎么会用一个人生糟透了的人描述人生的话来作为你的座右铭呢？张爱玲是非常棒的小说家，只此而已。我完全认同如果你想写小说，要去看张爱玲的小说，体会她为什么把小说写得这么好。可是张爱玲对人生的建议，拜托，张爱玲把自己的人生搞得乱七八糟。所以，不要乱引用名人讲的话，就像我谈到不以言废人，不以言举人，不要把人跟言混在一起。"

那些在网络上鼓吹自己多有名的人，或者经常在网络上倡导成名要趁早的人，不见得真的因成名而过得很愉快，或许他们只是对文字有很好的掌控能力，仅此而已。不要轻易相信那些常在网络上写东西的人讲的话，很多沉默的人过得很好，他们只是不善于在微博或公众号上发文章而已。

我写了十几年的文章，出版了几本书，但并没有多大名气，也没有因小小的名气而孤芳自赏，改变自己。我十年前什么样，十年后依旧什么样。我最喜欢读者评价我是一个最接地气的作家。

我不仅可以西装革履麦克风，也可以裤衩拖鞋啤酒瓶。

我真的很喜欢接地气的感觉，就像我喜欢张国荣，不是因为他的歌、他的电影，而是因为他的一张照片。2000年，张国荣在内地演唱会巡演期间，利用休息间隙，来到公园，蹲在地上看街坊们"斗地主"、闲聊，就在他与群众开怀大笑时被拍摄的一张照片，让我第一次看到后就感动不已，那么接地气的哥哥，他一笑，仿佛温暖的春天就到了。

我不想让自己活得很累，也不想让自己活得很世俗，就像周星驰的电影台词：做人嘛，最重要的是开心。

我写了十几年的文章，只是因为我觉得写文章是一件非常开心的事情，所以，我从来不觉得累。我写的都是真实的故事，真实的感受，很多读者看我的书会有共鸣是因为真实的故事自有万钧之力。我很少投稿，也很少因为出版社的要求而改变写作风格，当然，除非他们给出可观的稿费，但至今为止，好像并没有遇到过。

有位朋友问我："你上本书卖了多少册？"

我故意说："顶多几千册吧。"

她说："你傻了吧，这么好的书你怎么才卖几千册！"

我说："上一本书是限量版，所以，几千册已经很多了，卖完也不再加印，很随缘。"

她最后说了句："嗯，这种做法很左小祺。"

我的前三本书之所以选择做限量版，很早的时候是因为怕卖不出去，更怕自己成为写作的奴隶，所以，出版社出版之后，我选择卖完为止不再加印，如今三本书已经都销售一空，每本书我自己只留了一本，后来我自留的那本也被朋友无情地抢走了，以至于现在很多读者追着我问那本书还有没有，我只能说已经卖没了，连我自己都没有了。

当我出版第四本书的时候，同样收到了很多祝福和鼓励，最让我走心的是我刚来北京时认识的朋友王梓洋对我说的话。"抽出时间来自己多看看书、写写文章，你已经小有名气了，再往前走可能会需要更深厚的东西。"他接着又说，"最近看了不少好书，回头推荐给你"。

说完，他给我发了那几本书的书名，然后对我讲："这是我最近一年读的比较好的书，你有时间买来看一看。"

听后我非常感动，能有一个时刻提醒自己不要因一时成功而沾沾自喜忘乎所以的人真是太幸运了，第二天，我就把王梓洋推荐给我的书全都买了回来，准备慢慢阅读。

我一直很喜欢冯唐在《无所畏》一书中说的：名是名声，要成功的关键是名实相符。人可以欺骗一个人一辈子，可以欺骗天下人一时，但是人很难欺骗天下人一辈子。心碎要趁早，出名要趁晚。名出早了，名大于实，名声之下，整天端着，会累死人。

比起张爱玲的"出名要趁早"，我更赞同冯唐的"出名要趁晚"。我是一个不喜欢端着的人，稍微一端着我就觉得累，生活本就那么累了，为何还要给自己增加多余的劳累呢。

想起了很多年前认识的一个兄弟大冰，当时我与他一起参加活动，我们两个从北京坐飞机去往长春。他是我小时候很喜欢的主持人，出于他对我童年的影响，我想竭力去帮他做一些事情，比如把靠窗的位置让给他，比如帮他拿一些行李，然而他对我说："兄弟，不用这样照顾我，太照顾我我就不舒服了。"

我以为他是与我客气，直到后来看到他对读者说过的一句话我才觉得他人真就那样。他说:"喜欢书就好,不用喜欢叔。"这句话虽然矫情,但很有道理。你不用捧着我,我也不惯着你,我好好写书,你好好读,这样就可以了。因为有时读者把作者捧上天的时候,作者想下来也很难下来了,于是只能天天端着。我不喜欢这种状态,所以我很喜欢与读者成为朋友,从来不会因为读者的年龄、职业等外在因素而改变我的态度。

所以,当有读者对我说:"你是我见过最接地气的作家。"我很开心。当然,接地气的人并非不能上厅堂,并非不懂人生道理、生活百态,他们比喜欢端着的人活得通透多了。很不理解一种人,自己的生活过得一团糟,还有闲心指点别人的生活,恰恰我身边就有很多这样的人。

如果因为他们的言论而让自己变得更好,也并非坏事。只是,阅读心灵鸡汤也是需要智慧的,毕竟很多鸡汤是黄鼠狼炖的。

也许那个黄鼠狼就是正在写文章的我,所以,适不适合只有你自己动脑筋去取舍。

你不用着急出名,可是一定要有成名的梦想;你不用急着完成你的梦想,可是你要不断地靠近梦想。

无论你年方几何,都不要放弃追求自己想要的生活,因为当你越靠近自己想要的生活时,你会越开心。不怕岁月苍老,没有道理梦想在一开始就统统实现。我更觉得,人是应该有梦想的,因实现梦想而成名也是很好的事情,但并非人在二十多岁的时候就一定要把所有梦想都实现了才厉害,也并非越早出名越好，所以我不会把出名看得太重，接地气更快乐一点，我愿做那个最接地气的作家。

人要给自己保留不同的乐趣，在不同的阶段搞定，那个时候才会感觉到自己存在的乐趣。所以，你在什么阶段就搞定什么阶段的事情。如果有梦想尚未完成，不要着急，可以等到对的阶段，你终究会让它实现，可是你要不断地靠近它，这点很重要。

还好，我还有很多梦想没有完成，所以我觉得好像还有一条长长的路可以去走，那是很棒的事。

与你诉说

当你的思念
和我
不期而遇时
我忍不住笑出了声

我们同是
疏于电话联络感情的人
许久未见
只能在纸页上铺叠昨日的诗句

你说
诗没有多余的文字
如同我们
面对生活的姿态

我说

烦恼如同嘴角上的胡须

越刮越旺

但不能不刮

或难忘或遗憾的故事那么多

而回忆

只是三百集韩剧中

删掉的五集吻戏

你数落着

凡是没有出格的悸动

都不算青春

唯独我用孩子般的心讽刺过未老先衰

日子

一页页翻过

只是你未曾察觉

我早已留起了胡须

少年的
告白

读者
来信

左小祺特有徐静蕾的范儿

✉ 小茶

（1）

遇见左小祺，是个偶然事件，只因听了他在社群里的一堂课。

路过青春，是个必然事件，因为他最会撩青春，写过很多关于青春的文字，并改变了很多人对青春的看法。

在他的书中，你能粗略了解左小祺的人设：水瓶座、AB型、玩世不恭、不按常理出牌、不喜欢送行、不爱常规学习，但他又无比认真地生活，喜欢尝试新鲜事物，超爱喝咖啡。

他提过刀，开过枪，自江湖走来，看尽人间荒唐。

他喜欢孟庭苇、刘德华、大冰，并和他们成为朋友。他的文字中总不缺敏感话题，同性恋、抑郁症、影星内幕、职业乞丐、青楼女子，等等。

按常理，怎么也不敢想象这是一个"90后"，然而，他成了玉女歌手掌门人孟庭苇最欣赏的"90后"作家。

孟庭苇为他的书作序，称他为心理年龄只有16岁的少年。

（2）

他的书没有商业性的聒噪，却让我看得热血沸腾。世间奇妙的事物总是如此与众不同，左小祺只凭借文字就可以俘获读者的心。他只写故事，不讲道理，简单真诚，自然而然，没有技巧但又功底非凡，每一个故事都能直抵心灵，牵人心弦。

书中照片里的他特别帅，特别敢，文中的他对过往的一切情深义重，但从不回头，特别温柔，特别狠。

他所写的，不正是我的青春吗？

因为承载整个青春往事的城市，我们在不同方向努力前行，路越走越远，越来越爱回忆。他告诉我，想要简单快乐，就得葆有童心；想要被生活认真对待，就要认真对待生活。

他说，走过N年路，觉得"不以结婚为目的的谈恋爱是耍流氓"是肤浅的。结婚捆绑住了多少物质，而非感情。他说，真正忘记一个人，就是你的生活没有了关于他的一切消息和痕迹。他说，要勇敢追求，远观只会错过缘分。他说，女人一生最浪漫的事情，就是在最美的年龄遇到那个命中注定的白头到老的人。

整本书读来，感觉左小祺特有徐静蕾的范儿。在综艺节目上，不少人看着台上的徐静蕾，会觉得青春就是这样，有羞涩，有果敢。如果你会陷入徐静蕾的歌声中难以自持，那你一定也会陷入左小祺的文字里不能自拔。

这就是共鸣！

(3)

我在微博里关注他，发现他有刘德华的谦虚，有孟庭苇的静美，也有大冰的与众不同。

我欣赏的是，他拿自己的稿费开了家书吧。微博里时常有他家书吧的近况，他时常亲自调配咖啡给喜爱的客人喝。

我喜欢的是，他大男孩般的笑容。他时常幽默，时常自拍，时常着西装也时常穿跑鞋，时常喝茶也时常喝酒，时常介绍他身边的江湖兄弟，这些很真实，让人毫无反感之意。

我愿意关注的是，他不仅撩青春，还关注婚姻，关注人生，关注世间百态。在他的文字中，总会找到我想要的答案。

喜欢他的人，可以关注他的微博——左小祺，一个少年感满满的"90后"作家。每天期待他的一篇文章，看过他的《还我一个飞扬跋扈的青春》和《孤独中遇见更好的自己》后，便迫不及待地期待他的下一部作品。

遇见你,真好

✉ 村长说人生的路要自己走

左小祺,当我拿到你的书之后,一天的时间竟全部沉浸在了你的书中。之前看书,只读不写感想,明白了就好,而看完你的书,却总想说点什么。

今年六月份的时候,我在微博上偶然发现了"左小祺",与我同姓,觉得太难得了,而且看起来很厉害的样子,很自然地就关注了。

当时在微博上看了你的一些文章,内容真实自然,读起来很舒服。于是我就去网上搜你的书,下单,效率还挺高,等了没几天,我的书就到了。

在中午收到短信的那一刻,我来不及去食堂就转向了快递站,拿到快递后迫不及待地把它拆开,果真,和微博上晒的一模一样。

我一鼓作气走回了"遥远"的宿舍,看了目录,有几篇我在你微博里看过,其余的都是新大陆。

周五下午英语作业也不做了,抱着你的书看了一下午。

从作者简介开始,原来你是山东泰安的,好巧!我也是山东的,在泰山学院上学,只不过因为交流生活动我才来了桂林。

书中提到了范镇，听我同学提起过，她家就是范镇的，那里的火烧很有名。

当看到你写家人的文章时，突然感同身受，觉得自己真的好幸福：妈妈给我洗衣服，妹妹负责给我寄过来，爸爸给我打生活费，全家都在围着我转。呜呜，看到你的文字，突然也好想我的家人。

左小祺，你小的时候真是太调皮了！而且你是从小学到中学，一路"坏"到底。

我们从小被灌输的思想就是离你这样的人远一点，老师和家长生怕我们学坏。所以我对那些每天打架斗殴、谈恋爱、不好好学习的学生印象自然不太好。看了你的书，我彻底改变了对这类同学的看法。

学习并不适合每个人，学习能力不强的人不代表其他方面也不行。你学习不出色，却能当上学生会主席，成绩不好，却让我很佩服你有坚持看书的习惯，怪不得现在能写出如此棒的书。大学之前我能看的只有教科书，多么悲哀！上了大学才逐渐培养起看课外书的习惯来。平时看书也没有方向，对哪种有兴趣就看哪种，偏文学类的比较多，实在不行就随便看一本，还没有养成良好的阅读习惯。

在你的书中看到关于爱情、婚姻的文章，受益匪浅。之前我也怀疑过，像你这样的人怎么会没有女朋友，这不科学！长得帅又会写文章，哪个女人会不喜欢。

现在看来还是我太肤浅。喜欢一个人很简单，却也很难。

青春期的时候，真的很单纯，只要喜欢就可以了，没有为什么。成人之后却要考虑诸多因素，很难找到一个互相喜欢的人。有的人为了谈恋爱而谈恋爱，而有的人孑然一身，以"单身狗"为骄傲。我是后者，因为我不愿意将就。只想使自己变得更优秀，来配未来的他。不怕晚，我会等。也希望你能早日找到自己的另一半！

对了，还有你的偶像孟庭苇，初中的时候，我超级爱听她的《羞答答的玫瑰静悄悄地开》，就是因为那种旋律撩拨人的心弦，现在打算多找找孟庭苇的歌来听。

很羡慕的一种状态就是和儿时的偶像成为朋友，就像你一样，喜欢孟庭苇那么多年，长大后，成为孟庭苇最看好的"90后"作家，还为你的书作序推荐。

除了大冰，很长时间没遇到我比较喜欢的青年作家了，现在，你算一个（比他还年轻）。总感觉年轻的作家比较懂我，知道我在想什么，知道他们该写什么。

你的书让我有一种舍不得读完的感觉，不知道下一本什么时候能问世。昨天我和朋友聊起了你，她还说让我催你赶紧写，使劲写！哈哈哈哈……实在无聊我就把你的书多看几遍，尽管已经读了两遍了。

由于同为"90后"，你总是给我一种大哥哥的感觉，从此以后你就是我的偶像——祺哥。

喜欢那些明星太不划算了，浪费时间；相反，看你写的东西收获比较大，你的文章简直就是我的精神食粮。

很欣赏你的生活状态，简简单单，为自己而活。

最后只想说一句，有幸遇见你，祺哥，遇见你，真好。

理解,开启人生幸福之门

✉ 郭曼曼　北京301医院护士

当我翻开左小祺的《理解才是人生的解药》时,便仿佛踏上了一段温暖而深刻的心灵之旅。在这个纷繁复杂的世界里,这本书如同一股清泉,缓缓流淌进我干涸的心灵。

书中有一段话深深触动了我:"你会发现,在这个世界上,还有很多如你一样的人,你并不孤单。即便全世界都对你背过身去,这本书依旧陪在你身边。"它让我明白,无论我们在人生中经历了多少孤独与不被理解,我们都并非独自一人在战斗。这本书宛如一位忠实的伙伴,始终陪伴在我身边,给予我力量与勇气。

在生活中,我们常常会遇到各种误解和矛盾。有时,我们会因为他人的不理解而感到委屈和愤怒;有时,我们会因为自己的错误而陷入自责和悔恨。然而,这本书教会我们:"理解是一种温柔的力量,它能化解所有的坚硬与冰冷。"当我们学会用理解的眼光看待他人和自己时,就能打破隔阂,化解矛盾,让生活变得更加美好。

这本书还告诉我们:"理解不是妥协,而是一种更高层次的智慧。"面对分歧和冲突时,我们往往固守己见,忽略了他人的感受。然而，真正的理解并非放弃自己的立场，而是在尊重他人的基础上，寻求共同的解决方案。

通过理解，我们能够学会换位思考，从不同角度看待问题，从而拓展思维，提升智慧。

《理解才是人生的解药》是一本充满智慧与温暖的书。它以简洁而深刻的语言，为我们揭示了理解的真谛。

在当今这个快节奏的社会中，我们常常忽略了人与人之间的情感连接，而这本书提醒我们：理解才是打开幸福之门的钥匙。

在今后的生活中，我将带着这本书的启示，用理解去拥抱生活，用爱去温暖世界。

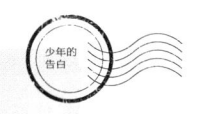

每个人都难免要经历一个觉醒的过程

✉ 友　爱　南京医科大学附属无锡市人民医院医生
　　　　　江苏省肺移植中心器官移植实验助理研究员
　　　　　江南大学无锡医学院食源性慢性病学博士
　　　　　文学爱好者

妮桑老师送给我一本左小祺的新书《理解才是人生的解药》，我未曾想到，这本书竟会带给我如此多的共鸣。作为一名"80后"，我的许多经历与作者本人竟出奇地相似，许多感受也如出一辙。

从2024年9月19日拿到这本书起，我便利用一周的通勤时间将其读完，甚至还看完了书后的几封读者来信。这些来信也让我有了与读者共鸣的机会，说实话，这让我感到有些惊喜。

作为一名科研人员，我日常的工作很少涉及人际沟通，而阅读一直是我的多年爱好。于我而言，阅读不仅是读文字，更是在读他人、读自己。通过这本书，我不仅认识了作者左小祺，还走进了他笔下的世界——他的爷爷奶奶、爸爸妈妈、兄弟姐妹、亲戚们、老师们、同学们……他们仿佛都成了我的朋友。

我坚信，一切的美好都是我吸引而来的。就像妮桑老师送给我这本书一样,它仿佛是命中注定的礼物,让我在文字的世界里找到了共鸣与温暖。

左小祺书中的爷爷让我印象深刻。遗憾的是,我从未有过爷爷或外公的陪伴,他们在我出生前就已离世。每当我合上书本,总会忍不住想象,如果童年中有他们的陪伴,或许我不会经历那么多"无助"的时刻吧!

我的父亲因经商常年在外,母亲独自一人拉扯我和弟弟长大,还要操持家务、种田种地,实属不易。小时候,我常常帮母亲分担一些力所能及的事情。每当母亲情绪不佳时,我就会变得更加懂事、更加听话,试图用这种方式去讨好她。这与书中左小祺的经历十分相似。幸运的是,左小祺最终摆脱了"讨好型"人格,而我在后来的学习和工作中,也学会了表达自己的需求,找回了真正的自己。

我深知,这便是所谓的"原生家庭创伤",而每个人都难免要经历这样一个觉醒的过程。在觉醒的道路上,我有幸遇见了左小祺的文字,也从不感到孤独。

我同样喜欢孟庭苇的歌。她的歌声清新脱俗,陪伴我从懵懂的少女成长为十一岁男孩的母亲。我曾在高中写过一篇作文,题为《谁的眼泪在飞》,这篇作文还被老师打印出来作为范文供大家学习。如今回首,那淡淡的歌声仿佛也在诉说着我的成长故事。

人生的节奏本就各不相同。从小就不喜欢攀比的我,和小祺有着相似的心境。我并非天资聪颖之人,但凭借后天的努力,我用了40年时间,从一个乡村女孩,蜕变为一名从事医院科研工作的女博士。即便如此,我依然觉得自己的人生才刚刚开始,未来的路还很长,我也满怀期待。

感恩遇见小祺。如果有机会、有缘分,我一定会去北京见他一面,继续拜读他的《孤独中遇见更好的自己》。

真实的文字才能给予普通人无尽的力量

✉ 罗晓亮　高县来复中学老师

感谢缘分，让我在30岁的年纪有幸遇见左小祺的书。与其说它们是一本本故事集，不如说它们是一位用心记录生活的青年作家的"孩子们"。这样或许更能贴切地反映左小祺先生的心境与行为。

我对小祺的喜爱始于他的文字。几年前，我邂逅了他的《还我一个飞扬跋扈的青春》。这本书一下子切中了我的内心，让我惊喜地发现，在这个世界上居然有这样一位与我心意相通的青年作家。他的文字让我爱不释手。那时，我作为一名高中语文老师，充分发挥了班主任的角色优势，将小祺的书分享给学生们。

小祺的书似乎有一种魔力，连班上平时不爱读书的学生也被深深吸引，沉浸在了他的文字中。从那时起，班上的学生开始喜欢阅读，从读小祺的书起步，逐渐延伸到其他课外书籍。慢慢地，高2020年级组掀起了一股阅读课外书的热潮，而我所在的高2020级7班也因浓厚的书香氛围，被评选为"书香班级"。

古人云："书中自有黄金屋，书中自有颜如玉。"随着时间的推移，学生们逐渐感受到文字的力量，开始主动写作、分享，班上的读书活动如雨后春笋般涌现。作为班主任，我选择不加干涉，以培养学生们的自主创新能力。虽然我成了读书活动的"局外人"，心中难免有些失落，但更多的是感动与温暖。原来，阅读真的拥有如此强大的力量！感谢小祺的作品，为我的教学带来了新的思路，也让学生们重新定义了读书与写作的意义。

时光匆匆，岁月如梭。时间改变了许多东西，却从未改变我对小祺文字的喜爱。从《孤独中遇见更好的自己》到《理解才是人生的解药》，那段时期，我正经历人生的"大浩劫"——职场的挑战、家庭的变故、婚姻的危机，以及健康的困扰，我的生活陷入了混乱。我选择带着小祺的书，逃离眼前的喧嚣，走进属于自己的安静而孤寂的精神世界。那时的我急需精神世界的重塑与心灵的救赎，于是将《孤独中遇见更好的自己》和《理解才是人生的解药》作为我的手边书、身边人。读着读着，它们逐渐融入我的生命，成为我精神重建的重要力量。

再次道一声感谢。或许这就是真诚写作的力量——书中没有华丽的语言，也没有精致的构思，正是这种朴素、大方、真实的文字，如同"大道至简"，给予无数像我这样的普通人无尽的力量。